三借芭蕉扇・錯墜盤絲洞

4

萌漫大話
西遊記

繪時光 編繪

野人

Graphic Times 44

三借芭蕉扇・錯墜盤絲洞
4
萌漫大話西遊記

著 繪 者　繪時光

野人文化股份有限公司
社　　長　張瑩瑩
總 編 輯　蔡麗真
副 主 編　徐子涵
責任編輯　陳瑞瑤
專業校對　魏秋綢
行銷經理　林麗紅
行銷企畫　蔡逸萱、李映柔
封面設計　周家瑤
內頁排版　洪素貞

出　　版　野人文化股份有限公司
發　　行　遠足文化事業股份有限公司 (讀書共和國出版集團)
　　　　　地址：231 新北市新店區民權路 108-2 號 9 樓
　　　　　電話：（02）2218-1417　傳真：（02）8667-1065
　　　　　電子信箱：service@bookrep.com.tw
　　　　　網址：www.bookrep.com.tw
　　　　　郵撥帳號：19504465 遠足文化事業股份有限公司
　　　　　客服專線：0800-221-029
法律顧問　華洋法律事務所　蘇文生律師
印　　製　凱林彩印股份有限公司
初版首刷　2023 年 04 月
初版 3 刷　2023 年 06 月

國家圖書館出版品預行編目（CIP）資料

萌漫大話西遊記 . 4,三借芭蕉扇 . 錯墜盤絲
洞 / 繪時光著繪 . -- 初版 . -- 新北市：野人
文化股份有限公司出版：遠足文化事業股
份有限公司發行 , 2023.04
　　面；　公分
ISBN 978-986-384-845-5(平裝)

1.CST: 西遊記 2.CST: 漫畫

857.47　　　　　　　　　112001722

本書原簡體中文版名為《萌趣西遊記（全 10
冊）》，由四川天地出版社有限公司出版。
中文繁體字版通過成都天鳶文化傳播有限公
司代理，經四川天地出版社有限公司授予野
人文化股份有限公司獨家出版發行，非經書
面同意，不得以任何形式，任意重製轉載。

萌漫大話西遊記 (4)

野人文化　野人文化
官方網頁　讀者回函

線上讀者回函專用
QR CODE，你的寶
貴意見，將是我們
進步的最大動力。

第 **3** 章
誤入小雷音

西遊小辭典	西遊小百科
二十八星宿	唐朝的西瓜到底
110	好不好吃？
	108

第 6 章
受阻獅駝嶺

第 1 章

三借芭蕉扇

꧁ 路阻火焰山 ꧂

唐僧師徒言歸於好，再次踏上取經的路途。光陰似箭，眼看已經是秋涼時節，但是天氣不知道怎麼的卻越來越熱了。

呆子，那是斯哈哩國！像咱們這樣走停停，三輩子也到不了！

大概到了每天太陽落山的嘻嘻哈哈國了。

邊蒸三溫暖邊走……

正在閒聊的時候，路邊出現一座紅瓦紅磚的紅房子，裡面走出個老者。唐僧師徒向老人打聽前方的路怎麼走，沒想到老人家連連擺手。

西方可不能去，前方六十里就是入百里火焰山了！

火焰山？怪不得這裡熱得跟三溫暖一樣。

原來這火焰山沒有春、秋、冬三季，一年四季都熱得像在油鍋裡一樣。往西更是走不了，熊熊燃燒的大火綿延了八百里。

在火焰山上烤肉，只要一秒就能熱！

就在老人和唐僧師徒聊天的時候，突然來了一個賣切糕的少年。悟空買了塊熱騰騰的切糕，順便和他聊了幾句。悟空問他，這裡如此熱，怎麼種出糧食來的呢？少年回答，因為這裡有個鐵扇仙，可以搧滅大火，讓大夥兒種植作物。

這裡如此酷熱，做切糕的材料從何而來？

我們這裡有個鐵扇仙！她可以搧滅大火，讓我們種莊稼！

好燙啊！

原來火焰山的西南方有個翠雲山芭蕉洞，洞裡住的鐵扇公主有一個法寶「芭蕉扇」。這個寶貝一搧熄火，二搧生風，三搧下雨。所以這附近的百姓年年供奉，感謝並祈求鐵扇仙保佑他們在火焰山下仍然能過上好生活。

搧一下，熄火；
搧兩下，生風；
搧三下，下雨！

悟空立刻想到如果借芭蕉扇滅了火焰山的大火，他們師徒就可以繼續西行了。老人家還在碎碎念準備貢品和路程遙遠的困難，悟空卻已經躍上雲頭，飛向翠雲山了。

原來是會騰雲駕霧的神人，今天開眼了！

不必麻煩，我去去就來。

❦ 一借寶扇 ❧

翠雲山上，悟空碰到一個砍柴的樵夫。不打聽不知道，一打聽嚇一跳：這鐵扇公主竟然是牛魔王的妻子，如意真仙的嫂子，紅孩兒的媽！悟空心裡大叫不好。

愛　　　恨

如意真仙

牛魔王

羅剎女

紅孩兒　　　　　　孫悟空

叔侄　父子　母子　仇人　結拜兄弟　仇人　仇人

因悟空失去自由

> 鐵扇公主的名號叫羅剎女，是大力牛魔王的結髮妻子。

> 撞上冤家了，居然是紅孩兒的親娘！

可是，火焰山一定得過，芭蕉扇一定得借。悟空橫下心，決定去試試。悟空叩響了芭蕉洞的大門，裡面很快走出一個小丫頭，問了悟空的來歷，就進去稟報。

洞中的鐵扇公主聽說是孫悟空來借芭蕉扇，真是怒從心頭起。她很快就披掛齊整，拎著兩把青鋒寶劍來到洞外。鐵扇公主看見站在那裡嬉皮笑臉的孫悟空，想起再也不能自由來去的兒子，恨不得立刻把他碎屍萬段。

悟空特來拜見嫂嫂！嘻嘻。

誰是你嫂嫂！

公主是我兄長牛魔王的夫人，當然是嫂嫂啦！

既然有兄弟親情，你為何坑害我的兒子紅孩兒？

嫂嫂錯怪我了，紅孩兒現在跟觀音修行，是大造化。

哼，你害得我們母子不能相見，我豈能饒你！

無論悟空怎麼跟鐵扇公主解釋紅孩兒的事，鐵扇公主都不肯信他，還舉起寶劍照著悟空的腦袋乒ㄆㄥ 乒ㄆㄥ 乒ㄆㄥ砍了十幾下。

見悟空毫髮無傷，鐵扇公主有些心慌，回身就走，又被悟空攔住，討要扇子。鐵扇公主當然不給。悟空有些生氣了，讓你打了半天，還不肯借我扇子，那就別怪老孫不客氣。

嫂子哪裡去？你砍也砍了，氣也出了，還不肯借我扇子，這就是無理取鬧！

不借不借，就不借！

我一定會回來的！

鐵扇公主知道悟空的厲害，她也不跟悟空纏鬥，一把從懷中掏出芭蕉扇猛地一搧，悟空立刻像片樹葉似的被風刮走，飛得無影無蹤。

꧁喜得定風丹꧂

悟空在風中滾了一夜，直到天快亮了，才抱住一塊岩石穩住了身體。芭蕉扇的威力遠遠超出了悟空的想像，他四下打量了一圈，鐵扇公主這一扇子竟把他搧到五萬多里外靈吉菩薩的小須彌山。

啊，怎麼到靈吉菩薩的地盤了？

前情提要：靈吉菩薩就是幫助悟空收服黃風怪的人。

為了幫助悟空對付鐵扇公主，靈吉菩薩送給他一顆定風丹。

我這小須彌山到火焰山有五萬多里。

靈吉菩薩

這扇子如此厲害，我該怎麼對付？

這是如來送我的定風丹，你拿了它，芭蕉扇就搧不動你了。

靈吉菩薩對芭蕉扇還真有些了解，他告訴悟空，那柄芭蕉扇是自混沌開闢以來，天地間產生的靈寶。它是太陰精葉，所以能滅火氣。說話間，靈吉菩薩把定風丹縫在了悟空的衣領裡。

我老孫生來就是吃丹藥的！

等等，這不是吃的，縫在你衣領裡就好。

悟空謝過靈吉菩薩，一個跟頭就返回了翠雲山。他在芭蕉洞口又喊又砸地要扇子，鐵扇公主這次暗下決心，一定要把猴子搧得遠遠的！

待我再多搧幾下，讓他變成找不著北的沒頭蒼蠅！

可是這次鐵扇公主的芭蕉扇不靈了。有了定風丹，任
鐵扇公主怎麼搧，悟空都一動不動。鐵扇公主沒轍
了，乾脆撤回洞裡，緊閉大門。

無論悟空如何叫罵，鐵扇公主都不肯出來，悟空只好
變成小蟲鑽進洞裡，見機行事。正趕上侍女給公主倒
茶，悟空立卽藏進茶沫底下，很快就順著茶水鑽進了
鐵扇公主的肚子。

悟空鑽進了鐵扇公主的肚子，立刻嚷嚷著：「嫂嫂，借扇子一用！」鐵扇公主被這聲音嚇得四下亂找，最後才意識到這猴子竟然在她的肚子裡。

什麼聲音？小的們，大門關緊了嗎？

嫂嫂，借扇子一用！

什麼？這該死的猴子！

不勞關門，我老孫已經在嫂嫂的肚子裡了。

悟空的意圖再明顯不過，不給扇子，就要在鐵扇公主的肚子裡施展拳腳。鐵扇公主哪裡受得了猴子這番折騰，悟空才動了兩下，鐵扇公主就「叔叔」長、「叔叔」短地開始討饒了。

孫叔叔！饒命！

現在想起我是你叔叔了？

看在我家老牛的面上，叔叔饒了我吧！

鐵扇公主知道這次是被悟空拿住了，連忙答應把扇子借給他。不一會兒，一個侍女便拿著一把芭蕉扇乖乖站在一旁。悟空爬到鐵扇公主的喉嚨，看到侍女手上的扇子後心中大喜，趕緊從鐵扇公主的嘴裡飛出來，拿扇子走人。

悟空歡歡喜喜地拿著扇子，帶著師父和師弟們奔赴火焰山。到了山口，悟空興沖沖地搧起扇子準備滅火，誰想……

芭蕉扇一搧，火焰騰起；二搧，焰高百倍；三搧，火焰逼近，把悟空屁股上的毫毛燒個乾淨。悟空一邊跑，一邊對著師父和師弟喊：「火來啦！快跑！」

啊啊啊！

燒屁股了，快跑啊！

這一跑，足足跑出去二十多里，師徒四人才停下。悟空大呼上當。

可惡！可惡！被騙了！

我們還是挑沒火的地方走吧。

 哪方無火？

東、南、北都沒有火。

 哪方有經？

西方有經。

 可咱們要去的就是有經的西方。

有經處有火，無火處無經，進退兩難啊！

就在他們一籌ㄔㄡˊ莫展的時候，火焰山的土地公拿著齋飯前來探望。他看了看悟空手裡的芭蕉扇，連說這扇子是假的。交談間，土地公說出了火焰山的來歷。

大聖當年踢翻了太上老君的煉丹爐，一塊帶火的磚落到此處變成了火焰山。

啊……

原來是猴子做的好事！

大聖想要借真的芭蕉扇，還得去找牛魔王。

原來火焰山是由當年悟空踹翻太上老君的丹爐時掉下來的火磚所致。土地公告訴悟空，要想借芭蕉扇，還是得去找牛魔王。只是牛魔王不在翠雲山，這老牛貪圖錢財和美色，在積雷山摩雲洞給當地有錢的狐狸精玉面公主做了上門女婿，已經好久沒回家了。

見異思遷（ㄑㄧㄢ）的老牛！

家務事太複雜，還是出家人好，沒這些煩惱。

拜訪牛魔王

悟空按照土地公的指引去了積雷山。一到積雷山，他就碰見一個正在散步的漂亮女子，便立即上前打探摩雲洞在哪兒。

你是何人，找摩雲洞幹什麼？

我是芭蕉洞鐵扇公主派來找牛魔王的。

這女人無禮！我招上門女婿，反倒賠給她不少財物，今日又得寸進尺了！

好哇，原來你就是那個狐狸精。

踏破鐵鞋無覓處，得來全不費工夫。這女子竟然就是玉面公主。狐狸精被悟空嚇得一路跑回洞中找牛魔王撒嬌，哭訴鐵扇公主派來個毛臉雷公嘴的和尚欺負她。牛魔王覺得奇怪，決定出去看看。

不會呀。鐵扇公主家風嚴謹，洞裡沒有男丁，怎麼會有和尚呢？

親愛的別生氣！我出去看看誰敢欺負你！

你老婆派一個毛臉雷公嘴的和尚來罵我！

以為你是個英雄！誰知道是個怕老婆的！

牛魔王出門一看，來者竟然是孫悟空！這猴子當年是
自己的結拜兄弟，如今是把兒子送到觀音那裡出家的
仇人，現在又跑來欺負自己的小妾，新仇舊恨早就把
結拜的情誼消磨殆盡。牛魔王心想：「這猴子還好意
思向自己借芭蕉扇，簡直是無賴透頂！」

牛魔王立刻和孫悟空打成一團，一時間打得天昏地
暗，難分勝負。正打著，突然有小妖來報，說有人請
大王去赴宴。牛魔王立刻收了傢伙，把悟空扔在一
旁，並說自己要先去赴宴，回來再跟他算帳。這老牛
還真是隨興！

龍宮盜坐騎

悟空好奇自己不在的這些年，牛魔王又交了什麼朋
友，便化作清風跟了過去。只見牛魔王騎著他的避水
金睛獸一路來到「亂石山碧波潭ㄊㄢ」，潭底竟有一座龍
宮。見牛魔王進去，悟空也變成一隻野螃蟹混進去看
熱鬧。

牛魔王在龍宮喝得沒完沒了，悟空等得無聊，閒逛到外面看見避水金睛獸，突然靈機一動，不如偷了坐騎，變成牛魔王，去芭蕉洞騙鐵扇公主拿出芭蕉扇。

芭蕉洞的侍女一看「牛魔王」回來，趕緊去稟報鐵扇公主。鐵扇公主雖然有些意外，但心裡一陣狂喜。

二借寶扇

鐵扇公主見「牛魔王」殷勤得很，立刻沒了脾氣。好不
容易從玉面狐狸那裡回家的夫君，這回可不能輕易放
回去。假牛魔王正是看準了這點，與鐵扇公主推杯換
盞，喝了一會兒酒之後，鐵扇公主一臉醉意，假牛魔
王趁機追問芭蕉扇的下落。

看到「牛魔王」出現在自己面前，鐵扇公主假裝生氣，
埋怨他只知陪著玉面狐狸，冷落了妻兒，才讓孫悟空
欺負了孩子，又欺負自己。「牛魔王」趕緊賠禮道歉，
哄夫人開心。

鐵扇公主不知是計，拿出芭蕉扇，又念了口訣。悟空一看搶到了扇子，立刻變回原形，還嘲笑鐵扇公主認不清老公。鐵扇公主又羞又怒，可也無可奈何，眼睜睜地看著悟空拿著扇子逃走了。

再說那牛魔王酒足飯飽後就要回家，一出龍宮發現避水金睛獸不見了，頓覺大事不妙。

牛魔王趕緊前往翠雲山芭蕉洞，避水金睛獸果然拴在洞口。鐵扇公主正捶胸頓足，大哭大鬧，見到牛魔王還以爲是孫悟空又回來了，拔劍就砍。

夫人，我是老牛啊！

你這猴子，欺我太甚！

聽我說，那孫悟空偷了我的避水金睛獸啦！

老牛，你是真的老牛？

哎呀！你這天殺的怎麼才回來？孫悟空變成你的模樣調戲我。

調……調戲？

你！你什麼意思?!

我……我去給夫人報仇！

大戰牛魔王

再說孫悟空帶著芭蕉扇趕往火焰山，他試了試鐵扇公主教的咒語，果然能把扇子變大。可是他忘了問怎麼變小，只能一路扛著芭蕉扇飛奔。沒想到，「八戒」竟然來迎他，還殷勤地要幫悟空背扇子。悟空沒細想，就把扇子給了「八戒」。

> 猴哥，師父讓我來接你。

> 呆子，你看我老孫好手段吧？哈哈哈！

八戒把扇子接到手，突然念了個咒語，扇子瞬間變成杏樹葉子的大小。悟空立刻明白，幫他背扇子的不是八戒，而是變成八戒模樣的牛魔王。牛魔王現出真身，把芭蕉扇直接吞進了嘴裡，悟空只怪自己大意。

> 這叫以其人之道，還治其人之身！

> 平時都是俺老孫耍別人，沒想到，今天自己中了計！

騙回寶扇的牛魔王也不戀戰，立刻溜之大吉。這時候，真正的豬八戒來找悟空了。

啊！竟敢冒充豬爺爺！

這潑牛變成你的模樣把我剛弄到手的芭蕉扇騙走了！

八戒也對牛魔王心生不滿，乾脆和悟空一路追逐牛魔王，來到了摩雲洞。火焰山土地公和其他小神也趕來助戰。玉面公主聽說後趕緊召集幾百隻大小妖精，跑出洞外一起廝殺。

牛魔王，唐僧取經無神不保，你還是不要與他作對。

老牛，扁他！

寶扇事小，面子事大！

牛上了天，就是吹牛！

牛魔王不是悟空的對手，變成一隻天鵝逃跑，悟空則變成一隻老鷹窮追不捨。

幾番變化之後，牛魔王總是被悟空壓制，乾脆現出原形，
變回一頭大白牛，兩隻角跟鐵塔一般，頓時厲害了許多。
悟空將金箍棒往地上一頂，立刻變得身高萬丈，頭如泰山，
眼如日月，和牛魔王展開惡鬥。這一邊，悟空帶著金頭揭
諦、六丁六甲、護法伽藍等，和牛魔王鬥得搖山震嶺；另
一邊，豬八戒帶著土地公、
陰兵殺進摩雲洞，
一耙子便打死了玉
面狐狸精，
剿殺洞裡
的小妖。

牛魔王實在打不過這麼多人，只能就地一滾，逃到鐵扇公
主的芭蕉洞裡去了。鐵扇公主見夫君被打得狼狽，十分心
疼，就想獻出扇子，息事寧人。沒想到牛魔王卻變得固執，
非要跟孫悟空鬥到底！但牛魔王沒想到，他的對手不只是
孫悟空。再次出戰時，他被如來佛祖派來的四大金剛和玉
皇大帝派來的托
塔李天王及哪吒
包圍起來。牛魔
王終於服輸了，
鐵扇公主乖
乖地交出了
芭蕉扇。

望菩薩饒我夫
妻之命，芭蕉
扇交給孫叔叔。

🌀 三借芭蕉扇 🌀

悟空揮了幾下芭蕉扇，火焰山的火很快就熄滅了。再搧一搧，火焰山上空烏雲密布，下起小雨來。最後他連搧四十九下，大雨傾盆，火焰山的火永遠熄滅了。

終於可以洗個涼水澡了，好爽！

沒了大火的火焰山，如今清爽宜人。唐僧師徒繼續向西前行。據說鐵扇公主後來隱姓埋名繼續修道，得了正果。

沙師弟，走錯方向了！

中國第一部長篇動畫:《鐵扇公主》

　　中國第一部長篇動畫電影是由萬籟鳴、萬古蟾兄弟聯合出品的《鐵扇公主》，上映於抗戰最艱難的 1941 年。在那個戰火紛飛的年代，國際上公認的動畫好片是迪士尼的《白雪公主》、《米老鼠》一類，萬氏兄弟受迪士尼畫風影響，創作出黑白效果的《鐵扇公主》。

嫂子，你那時候長得也不賴。

哼，再過一百年，老娘也是頂呱呱的美人！

　　影片創作時正值抗日戰爭期間，片中的孫悟空號召人民大眾團結起來反抗牛魔王，實際上是諷刺日軍對中國的侵略，萬氏兄弟想以孫悟空的精神來鼓舞人民抵抗侵略。

你當時看上去像個戴著帽子、穿著虎皮裙的米老鼠。

那是因為受迪士尼動畫的影響。

　　自中國的第一部動畫電影《鐵扇公主》問世以來，《西遊記》就一直是國產動畫改編的首選作品。改編作品包括中國動畫的代表作《大鬧天宮》《大聖歸來》等。孫悟空成了被改編得最多的神話角色。

《西遊記》中到底有多少把芭蕉扇？

《西遊記》中到底有多少把芭蕉扇呢？除了在火焰山出現的那把芭蕉扇，在〈收服青牛怪〉這個章節中也出現了一把芭蕉扇。

金角、銀角是太上老君的兩個童子，青牛精是太上老君的坐騎。〈奪寶蓮花洞〉和〈收服青牛怪〉兩個章節都出現了太上老君的芭蕉扇：一把能搧風點火，一把能搧出妖怪本相。太上老君有這麼多寶貝扇子，難怪民間有不少傳說認為鐵扇公主的扇子也是太上老君的呢。

煽風點火

鐵扇公主的芭蕉扇一搧，就能熄滅火焰山的熊熊大火，但是她借給孫悟空的假扇子卻讓火越燒越旺。在現實生活中，火焰燃燒需要大量氧氣，變熱的空氣會加速空氣對流，從而形成大風，有了風的助力，火勢就會越燒越旺。因此人們常用「煽風點火」來形容某些人唯恐天下不亂，煽動他人鬧事。

【釋義】比喻慫恿鼓動別人挑起事端。

【近義詞】推波助瀾

【反義詞】息事寧人

《紅樓夢》中王夫人本就對寶玉屋裡的侍女晴雯有偏見，邢夫人的陪房王善保家的就抓住機會，一直煽風點火，在王夫人面前詆毀晴雯，最終晴雯因此被趕走。

第 2 章
掃塔辨奇冤

金光寺和尚蒙冤

人說天氣好心情就好，心情好腳下也格外輕快。師徒四人不到一天就走了八百里地，忽然前方出現好大一座城，城牆高聳，周圍綿延一百多里。悟空判斷，這裡一定是個帝王的都城。

師父，不像一般的城市，倒像是座都城！

今天真高興呀。

前面有座城！

唐僧師徒進了城門，發現這裡繁華熱鬧，人們的穿著也很華麗。突然迎頭走來十多個面黃肌瘦、披枷（ㄐㄧㄚ）戴鎖的和尚。唐僧十分納悶：佛門弟子為何這麼狼狽？他立刻上前詢問。

和尚們把唐僧師徒一路引到一處寺院。破敗冷清的寺門上，掛著一塊牌匾，上寫「金光寺」三個大字。他們剛踏進寺院，和尚們立即跪倒，求大唐高僧為他們申冤。原來他們前晚做了同樣的夢，說唐僧師徒是能給他們申冤的人。

原來此處叫作祭賽國，確實是一個西方大國，一直有四邦進貢朝拜。但它的號召力還真不是由於國王有道，而是源於這座金光寺中的黃金寶塔裡供奉有佛寶舍利子。佛寶使得寶塔常年有祥雲籠罩，霞ㄒㄧㄚˊ光四射，因此祭賽國才會有四方來朝。

聖僧掃塔

但是好景不長，三年前的一個秋夜，居然下了場血雨。黃金寶塔被玷汙，佛寶舍利子不見了，寶塔不再放出華光異彩，周圍的國家再不肯來朝貢。國王找不到原因，就埋怨是和尚們偷了佛寶。

陛下，周圍各國都找藉口不再進貢寶物了。

豈有此理，都是酒肉朋友！

肯定是金光寺的和尚偷走了寶塔上的佛寶，所以祥雲不再，外國不朝。

朕要嚴懲賊僧！

那國王把和尚們抓起來嚴刑拷打，逼問佛寶下落。他們把一些和尚打個半死也問不出個結果，將剩下一些和尚戴枷問罪、百般折磨。可憐的和尚們成了國王的出氣筒。唐僧聽到這兒，決定要為這裡的和尚申冤，但他打算先上塔祭掃，順便了解下情況，好在倒換官文的時候，好好跟國王說說理。

待我沐浴過後上塔掃掃，看看案發現場。

我離開長安時在法門寺立願，逢廟燒香，遇寺拜佛，見塔掃塔。

師父要當名偵探啊。

一見唐僧肯管此事，金光寺的和尚們大喜過望，寺廟上下喜笑顏開地爲唐僧掃塔準備了起來。

一切準備妥當已經是晚上，唐僧換上方便的衣服，拿著掃帚就去掃塔了。悟空怎能讓師父夜晚獨行，便自告奮勇陪師父一起。有悟空陪著，唐僧心裡也踏實了許多。

師徒二人來到塔下，向上望去：這真是一座氣派的寶塔！高聳入雲，盤龍臥鳳，每層門上都有一盞琉璃燈，這寶塔因此也叫「五色琉璃塔」。可是瞧瞧裡面，灰塵滿地、蛛網縱橫，看著讓人心酸。

師父，俺老孫替你掃吧。

這塔是多少層？

總共有十三層呢！

我必須掃完才能兌現承諾啊。

寶塔一共十三層。唐僧虔誠，從底下一層一層地掃起，悟空看著師父勞累很心疼，很想幫忙，但唐僧堅持自己掃，一直掃到了第十層。

哼哼哼，我是掃地僧！

掃到第十層時，唐僧累得直不起腰，總算同意悟空幫
忙，自己坐在第十層休息。悟空很快掃了兩層，眼看
就要掃到塔頂，卻聽見塔頂隱隱約約傳來說話的聲
音。

悟空輕輕挾著掃帚，鑽出前門，踏上雲頭向下觀看。
只見第十三層塔心裡果然坐著兩個妖怪在划拳喝酒。

悟空丟下掃帚，抽出金箍棒攔住塔門，大喝一聲，把
兩個小妖嚇得魂飛魄散，只會隨手拿起酒壺飯碗一頓
亂扔。

怪物，偷寶賊原
來就是你們！

都怪你，
被發現了！

悟空拿著金箍棒往兩個妖精胸前一攔，他們就貼在牆
壁上一動不動了。還沒等悟空問寶物的事，兩個小妖
就嚷嚷盜寶的另有其人。悟空立即把他們拿住，拖到
師父面前去說個清楚。

饒命！饒命！

不是我們
偷的！

爺爺饒命！我
知道是誰偷的！

九頭蟲盜寶

唐僧打個瞌睡的工夫，悟空就拎了兩個小妖到眼前。兩個小妖看見面前慈眉善目的唐僧，趕緊求饒，還供出了盜寶的團夥，就是亂石山碧波潭裡的萬聖老龍王一家。這老龍就是邀請牛魔王喝酒的那個傢伙。正是他夥同女婿九頭蟲偷了佛寶！

爺爺饒命，我是奔波兒灞，他是灞波兒奔。

我們只是小卒，偷寶的是萬聖龍王的女婿九頭蟲啊！

你這小妖還敢狡辯！

原來這兩個小妖只是亂石山碧波潭萬聖龍王派來巡塔的。他們還說，龍王的女兒萬聖公主還偷了王母娘娘的靈芝仙草。敢情駙馬九頭蟲偷佛寶，公主盜靈芝，好一對夫唱婦隨的賊夫妻。

搞定佛寶展翅飛。

靈芝在手笑嗨嗨。

九頭蟲

萬聖公主

三年前，碧波潭一家子動了賊心，九頭蟲與萬聖龍王施法下了一陣血雨，汙了寶塔，偷走了塔中的舍利子佛寶。那公主又到天庭偷了王母娘娘的九葉靈芝草，和佛寶一起養在潭底，日夜照明。

靈芝配佛寶！從此解決了深海龍宮的照明問題！

正在兩個小妖供述罪狀的時候，八戒來了。他聽悟空
說有兩個和盜寶有關的魚精，立刻就要把他們抓出去
燉了；還是悟空阻止了他，說是要他們到國王面前現
身說法，好給和尚們洗去冤屈。

還等什麼？
馬上熬魚湯！

你別著急，要留活口給那
昏庸的國王看人證，還得
循著線索找寶貝呢。

和尚不吃葷腥，
饒了我們吧！

師徒三人押著小妖怪回到寺院，僧人們都被驚動了，
紛紛跑出來看妖精。悟空讓八戒拿來鐵索鎖住妖怪，
防止他們逃跑。

坦白從寬，
留下小命。

這可真是沉
冤得雪啊！

唐僧破案

第二天天剛亮，唐僧就穿戴齊整，帶著徒弟們去皇宮倒換官文，順便會會那個冤枉和尚的昏君。

> 等我們把事情跟國王說清楚了，會有官差來提他們的。

> 猴哥，為啥不帶那兩隻妖精啊？

國王看見唐僧儀表堂堂，三個徒弟卻個個凶神惡煞一樣，一副惹不起的樣子。唐僧說，這樣的徒弟才能抓到寶塔上的妖怪，才能為和尚們洗去冤屈。

> 不是說東土大唐來的高僧相貌不凡嗎？除了領頭的不錯，其他的……

> 你這凡夫俗子哪裡懂得我的美？

> 長得好看能捉妖？

> 長得好看能挑擔？

國王倒也不傻，立刻聽出唐僧話裡有話。唐僧指明，寶塔的佛寶不是金光寺和尚偷的，凶手另有其「人」。而他的大徒弟孫悟空掌握了重要線索，他抓到兩個了解內情的妖賊！

陛下，真相只有一個！盜寶賊不是和尚，而是妖怪！

國王一聽，趕緊派官差跟著悟空去拿小妖來審問。大殿之上，被八戒和沙僧押解的兩個小妖精把事情經過原原本本地供述了一遍。這下國王自知理虧，趕緊傳旨給金光寺的和尚們平反昭雪。

鐵證

如山

國王對唐僧師徒佩服得五體投地，不但設宴款待，而且希望他們幫助祭賽國找回佛寶。設宴款待最符合八戒心意，他想把素齋和素果吃個夠，但悟空捉妖心切，恨不得直搗萬聖老龍王的龍宮。

大戰碧波潭

悟空和八戒帶著兩個小妖來到碧波潭後，放他們回去給龍王家傳話，喝令老龍速速把佛寶還回來，不然就讓他全家吃不了兜著走！

回去對老龍王說，齊天大聖爺爺來了，速速歸還佛寶，若說半個「不」字，我把這老潭攪成一鍋粥。

灞波兒奔和奔波兒灞連滾帶爬逃回龍宮。萬聖龍王和駙馬九頭蟲正在飲酒，忽然看到兩位狼狼地跑進來，全都嚇了一跳。

駙馬，大事不好啦！我們昨天夜裡盯梢，被齊天大聖給逮個正著。

哦？竟有此事？

孫悟空和豬八戒把我們放回來傳話，說如果不把寶貝交出來，他們就讓我們的龍宮不得安生！

果然是潑猴和瘟豬！

那老龍一聽「齊天大聖」這四個字，嚇得魂不附體。九頭蟲卻不以為然，披掛齊整，拿著一柄月牙鏟就殺了出去。

哎呀呀，記得牛魔王說過那猴子的厲害，咱們還是躲著點兒吧。

小婿好歹也有一身本事，您先喝，等我出去先拔了他一身猴毛。

這九頭蟲不知道是哪裡來的妖怪，居然沒聽過悟空的赫赫威名。不知道悟空名號也就罷了，他還對盜寶供認不諱，態度又十分囂張。這仗是非打不可了。

什麼齊天大聖？來送死的嗎？

你這賊妖，不認識你孫爺爺嗎？

我偷我的寶，你取你的經，誰要你多管閒事！

無知者無畏，還無賴得很囂張！果然是個極品！

悟空和九頭蟲很快打成一團，這九頭蟲果然有九個腦袋，前後左右四面八方都能看到。打了半天，悟空占不到一點兒便宜。

妖怪！看老孫給你一記甜蜜暴擊！

八戒本來在一旁觀戰，看他們兩個打得不分勝負，不免有些著急，冷不丁照著九頭蟲的後腦就是一耙，那九頭蟲背後的頭眼看得分明，回身就是一鏟，倒讓八戒嚇了一跳。

我天生就這樣，不服找我娘去！

360度無死角，說的就是你！

一個悟空尚能勉強對付，再來個八戒，前後夾擊下，
那九頭蟲漸漸招架不住，於是他打了個滾，乾脆現出
原形──凶惡無比的九頭大鳥。

趁悟空一不留神，九頭蟲俯衝下來，不知用哪個頭一口叨住了八戒腦後的豬毛，把他直接拽進碧波潭裡去了。

拿住了豬八戒，九頭蟲得勝而歸，萬聖龍王開心極了，立刻爲自己的女婿大擺宴席。

營救八戒

悟空見八戒被抓，心想這妖怪還真有點兒本事，不能強攻，還是智取為妙。於是，悟空變成一隻螃蟹潛入龍宮尋找八戒。

悟空很快就找到了被綁的八戒，他用大蟹鉗把繩索剪斷。八戒恨九頭蟲偷襲的手段，立刻跟悟空約定，由他殺進宮殿引出妖怪，悟空在岸上等待，待妖怪出水就立刻擊殺。

八戒發起瘋來也很厲害，他的釘耙見門鑿門，見誰打誰，一路打進老龍王給駙馬擺宴席的宮殿，嚇得毫無準備的老龍王和九頭蟲四處逃竄。

我是天蓬元帥！不是病貓！把佛寶拿出來！

九頭蟲怕發瘋的八戒傷到公主和龍族，急匆匆地跑去取佛寶，沒想到回來便拎起月牙鏟和八戒打了起來。老龍王定了定神，率領龍子龍孫各執刀槍來幫駙馬。鬥了幾十回合後，八戒虛晃一耙，撤身就走。龍王果然中計，追出水面。

站住！不要跑！

來追我啊！這是一條黃泉路！

❧ 二郎神相助 ❧

悟空正在岸上等著，突然看見八戒躍出水面，就知道該自己出場了。萬聖老龍王剛一露臉，悟空就一棒子砸過去。倒楣的萬聖老龍王就這樣一命嗚呼。九頭蟲只好收拾起老龍王的屍身退回龍宮。

百因必有果，你的報應就是我。去領便當吧！

悟空和八戒正在商量下一步怎麼辦，忽然看見二郎神帶著梅山六兄弟從這兒路過。悟空心想，二郎神是個有本事的傢伙，連自己都是他的手下敗將，要是他能幫上忙，一定能降伏這個九頭怪。只是悟空有點兒不好意思去請二郎神，就讓八戒上去招呼。

二郎真君，齊天大聖求見！

大聖，在哪兒呢？有啥不好直接見面的！

我猴哥不是害羞嗎？他屁股都紅了。

真是豁出這張猴臉了！

有了二郎神助陣，悟空、八戒簡直如虎添翼。八戒跑進龍宮正撞見龍婆和龍子，八戒往龍子頭上打了一耙，龍子當場斃命。龍宮瞬間亂成一團。

長嘴和尚把我兒打死啦！

給老龍地下做伴！

九頭蟲心說不好，直接現出本相，九個頭四處亂咬。只是悟空和二郎神及兄弟們個個神勇，九頭蟲被二郎神的神弓逼得四處躲閃。

對付這種怪物需要改進一下武器，用霰彈可能效果會更好！

九頭蟲惱羞成怒，趁二郎神神弓發射的空檔，猛地飛了過去，腰間一個鳥頭張嘴就咬！說時遲，那時快，哮天犬早已搶在他前面，一口咬掉這個鳥頭。只聽九頭蟲一聲怪叫，鮮血淋漓ㄌ；他無心戀戰，只能逃命了。

打不過！
跑！

八戒對九頭蟲拽著豬毛抓了自己的事耿耿於懷，還想追打，但悟空覺得當務之急是找到佛寶，追九頭蟲沒有意義。二郎神雖然覺得怪物不除可能會為禍人間，但他只是臨時幫忙的人，還是該尊重悟空的決定。

找寶貝要緊！

這種怪物留在世上必為大患。

為了儘快尋回寶物，大家重新制定了作戰方略。

萬聖公主看到「九頭蟲」匆匆而來，趕忙上前詢問情況。「九頭蟲」嚷嚷著要把寶貝換個地方藏起來。萬聖公主不知是計，急忙把佛寶和靈芝都交給「九頭蟲」。寶貝既然到手，悟空立刻現出原形。萬聖公主這才知道自己上了當。

駙馬，你這是怎麼了？

我被豬八戒打敗了，他追著我不放。你快把寶貝交給我另找地方藏好，別等他闖進來給奪走了。

給你，這是佛寶，這是九葉靈芝，好好藏起來。我先去跟他過兩招，你藏好寶貝再出來接著打。

藏好寶貝，接著再打，夫人你可別後悔啊！

後悔？

你的駙馬早就跑了！看看我是誰！

猴子，你騙我！

佛寶還朝

八戒追上來，見悟空已經得手，一耙子就要了萬聖公主的性命。八戒還想對龍婆下手，被悟空一把攔住，龍婆得留下性命，去國王面前細說前因後果，好有個交代。

> 留個活口，上國王那兒當證人去。

悟空與八戒謝過二郎神與梅山六兄弟的神助攻，雙方就此別過，拖著龍婆回到祭賽國。只見金光寺的和尚們都眼巴巴地在城外守候，他們遠遠看見悟空和八戒回來，立刻熱淚盈眶，跪倒一片。

> 阿彌陀佛！神僧找回佛寶啦！

在國王面前，龍婆把九頭蟲夥同龍王盜寶、萬聖公主盜靈芝的事兒交代得一清二楚，看在她認了罪，態度老實誠懇的分上，悟空讓國王留她一條性命，命她負責看守塔和佛寶。

國王親自把佛寶安放在第十三層塔頂的寶瓶中，把九葉靈芝養在瓶子裡，用靈芝的法力滋養佛寶。黃金寶塔上再一次祥雲繚繞起來。金光寺從此改名叫「敕建護國伏龍寺」。

戰勝九頭蟲的最佳助攻：二郎神

二郎神楊戩是中國古典文化中的著名形象，在《西遊記》和《封神演義》中都有非常出彩的表現。在《西遊記》裡，二郎神在孫悟空大鬧天宮的時候閃亮登場，之後在祭賽國也參與了對抗九頭蟲的大戰！

到如今，二郎神的形象基本已經定型，他儀表堂堂，額上有三目天眼，手持三尖兩刃刀，另有哮天犬相隨。但其實在歷史上，二郎神的形象並非一成不變，他的出身有好幾種說法。在《二郎寶卷》中，二郎神的母親是斗牛宮的仙女雲華侍長，而到了《西遊記》，他的母親則成了玉帝的妹妹。

關於二郎神的傳說雖然很多，但基本上大同小異。作為二郎顯聖真君，他和仙界眾神並不相同。二郎神不僅神通廣大，更擁有自己的專屬裝備。下面就來看看《西遊記》和《封神演義》中二郎神有哪些裝備吧！

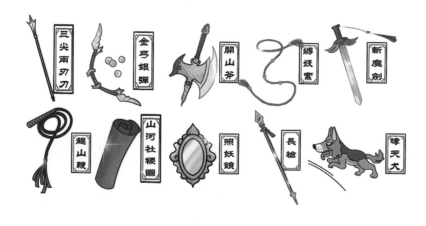

九頭蟲

雖然不清楚九頭蟲的來歷,但他和《山海經》中描述的「九鳳」有很多相似之處。

這個故事中出場的妖怪九頭蟲,本相是一隻九頭鳥(羽蟲),是碧波潭萬聖龍王的上門女婿。

很多西遊學者認為,九頭蟲的原型出自《山海經·大荒北經》。該文記載了大荒山中,有一隻九個頭、人面鳥身的神怪,叫「九鳳」。九頭蟲的「蟲」字在這裡並不是「昆蟲」的意思,而是指「猛獸」。在《西遊記》的描述中,九頭蟲「毛羽鋪錦,圍身結絮」,屬於「羽蟲」一類,也就是某種禽鳥。由此可以推斷,九頭蟲和《山海經》中的「九鳳」有很多相似之處。

我以為《山海經》是一本食譜。

沒想到,這九頭鳥還挺有來頭。不過九頭鳥要是有九個雞腿就好了。

不,這其實是一本野生動物保護指南!保護野生動物,人人有責!

沉冤昭雪

　　在這個故事中，金光寺的和尚被冤枉偷盜佛寶，並被祭賽國國王百般折磨，最終在唐僧師徒的幫助下破解真相，得以平反。孫悟空查出了盜寶真凶九頭蟲，而金光寺的和尚們終於得以洗刷冤屈，用一個成語來總結，就是「沉冤昭雪」。

【釋　義】沉：沉積；昭雪：洗雪冤屈。指沉積很久的冤
　　　　　情得到洗刷。

　　「沉冤昭雪」這個成語出自唐代于逖所寫的《靈應傳》，「潛遁幽岩，沉冤莫雪」，「莫雪」後來在元代關漢卿的《竇娥冤》中演化為「昭雪」。沉冤昭雪暗指很大的冤屈通過六月份的雪控訴出來。

　　現在我們也常用「沉冤昭雪」來形容某人洗刷了冤情，沉積很久的冤屈得以平反。

第 3 章

誤入小雷音

荊棘嶺談詩

冬去春來，唐僧師徒自打離開祭賽國，一直走在大路上。這一天，面前出現了一座山嶺。雖然有路，可是卻被荊棘和藤蘿擋得嚴嚴實實，坐在馬上的唐僧犯了愁。悟空跳上雲端，發現山嶺很長，一時也沒什麼主意。倒是八戒讓師父寬心，他要用釘耙給師父開路。

師父，考驗你的時候到啦！滿滿的荊棘鋪滿路啊！

這裡荊棘密布，人馬過不去啊！

我可不想摔死。

師父莫怕！俺老豬用釘耙給你開路！

一把火燒了荊棘，不就過去了嗎？

正是春天長草的時候，哪能點火？！

好傢伙！八戒一挺腰，自己長到二十丈高，釘耙也長到三十丈長。他掄著耙子將荊棘往兩旁撥開，唐僧等人趕緊跟在八戒後面。八戒一直開路，到第二天晚上，總算看到一處空地，空地上還立著一塊石碑，上寫「荊棘嶺」三個大字，下有一行小字，標明嶺長八百里。

八戒又耙了一天一夜，突然發現前面出現一座古廟。
他正納悶的時候，廟門裡閃出一個小老頭，後面還跟
著一個青面紅鬚鬼，頭頂著一盤熱騰騰的麵餅，十分
誘人。老頭自稱是荊棘嶺的土地公，特來送齋飯。八
戒剛想拿餅來吃，悟空卻看出他們不是好人。

悟空話音未落，一陣陰風刮起，小老頭和青面紅鬚鬼
竟然抓起唐僧就跑沒了影子，悟空三人和白龍馬居然
都不知道他們帶著師父往哪個方向跑了。

沒等唐僧害怕，老頭和青面紅鬚鬼就把他放到一座石屋前，老頭還非常有禮貌地對唐僧說，他叫十八公，不會害唐僧，只是久仰唐僧大名，想要請來和幾個朋友會一會。很快又來了三個老頭，一個個仙風道骨的樣子，看上去倒也不壞。

四個老頭把唐僧讓進石屋，這石屋叫作「木仙庵」，還真是個雅致的地方。唐僧不禁詩興大發，和四個老頭一起作起詩來。青面紅鬚鬼就在一旁端茶送水，看來是個侍者。

唐僧與四個老頭又作了幾首詩，覺得時間也差不多
了，就起身告辭。誰知這時候來了一個手拿杏花的女
子，又要奉茶，又要作詩，唐僧只好留了下來。

這女子對唐僧非常殷勤，最後竟靠著唐僧坐下。四個
老頭見狀，居然對唐僧說，他們願意為唐僧和女子做
媒，成就一番好事。唐僧聽了，又氣又急，堅決拒
絕，並且再不顧什麼禮節，大聲喊起來。

剛才在一旁伺候的青面紅鬚鬼跳出來，罵唐僧不識抬
舉，還要對唐僧動手。唐僧這回明白了，什麼談詩論
道、女仙奉茶，其實還是一群妖怪想害他！

唐僧那一聲大喊立刻被悟空聽到。四個老頭和女子聽
見悟空師兄弟三人的聲音，身形一晃，立刻消失得無
影無蹤。唐僧很快就看見找過來的悟空，趕忙跟他細
說了遭遇。

悟空四處查看了一下，頓時明白了是怎麼回事。不遠
處有一座石崖，上面寫著「木仙庵」三個大字。石崖周
圍長著一棵大檜樹、一株老松、一株老竹。竹子後面
是一株丹楓。崖邊是一株老杏樹、兩株蠟梅、兩株丹
桂。這明擺著就是幾個樹精作怪。

原來是幾棵樹
精在此作怪！

八戒聽了，一頓釘耙把這些植物全都揮倒在地，唐僧
過意不去，悟空卻說日後樹怪長大之後可能會害人不
淺。唐僧只能上馬，師徒繼續西行。

師父不要憐惜妖怪，
現在不除，日後他們
可就要害人了。

他們雖成了精，
但不曾傷我。

誤入小雷音寺

很快就到了春暖花開的季節，唐僧師徒一路又來到一座高山腳下。遠遠望去，山上好像有一座寺院。可是悟空卻發覺這廟宇中透著一股子凶氣。唐僧認為自己是到了靈山的雷音寺，根本不聽悟空的提醒。

唐僧快馬加鞭很快來到寺院門前，看見「雷音寺」三個大字便慌張下馬，倒地就拜。悟空卻非常冷靜，他去過幾次靈山，絕不是眼前的樣子，何況山門上寫的也不是「雷音寺」，而是「小雷音寺」。

潑猴子，險些誤了我的大事。這不就是雷音寺嗎？

師父眼花了，山門上四個字，你怎麼只認三個？

唐僧起身一看，果然自己少看了一個字。可是他拜佛心切，一心要進去參拜，悟空攔不住，只得由著師父進去。

就算是小雷音寺，必定也有個佛祖在內，我們趕緊進去參拜。

此處凶多吉少，你若出事可別怪我。

唐僧換了袈裟、僧帽，正要進寺，只聽得有個聲音說：「唐僧，你自東土來拜見我佛，怎麼還這等怠慢？」唐僧一聽，趕緊帶著八戒、沙僧下拜。只有悟空不肯磕頭，牽著白龍馬在後面跟著。

二層就是如來大殿，殿外寶臺之下，排列著五百羅漢、三千揭諦、四金剛、八菩薩……還挺齊全。唐僧和八戒、沙僧一步一拜，十分虔誠。忽然，剛才那個聲音又響了起來。

被困金鐃

可惡，把我扣在裡面算什麼！

悟空可不讓那妖怪裝模作樣，舉起金箍棒就要打妖怪，可是悟空的金箍棒還沒有敲到妖怪頭上，「咣噹」一聲，一副金鐃落了下來，把他扣在裡面。

這回再看旁邊那些羅漢菩薩，他們紛紛露出妖怪的原形，蜂擁而上，把唐僧、八戒和沙僧捆起來。悟空說得沒錯，這裡根本就不是雷音寺，而是貨真價實的妖怪老巢。

☁ 星宿前來相救 ☁

蓮臺上的「佛祖」此刻也恢復了妖怪的本相，他開心地把金鐃放好。這金鐃可不是普通的寶貝，只需三個日夜，不管是啥，一定都會化成膿ㄋㄨㄥ血。

黃眉怪

又是一個往死裡整人的東西！

就算你是齊天大聖也打不開我這金鐃，在裡面等死吧。

不管悟空在金鐃裡怎麼折騰，金鐃都沒有半點損傷。悟空變大，金鐃就跟著變大；悟空變小，金鐃就跟著變小。

悟空乾脆念起了真言，把五方揭諦、六丁六甲、十八位護教伽藍都招到跟前。可是這些小神使出了渾身解數，也沒法把大聖從金鐃裡救出來。

你們快作法打開這金鐃！

大聖，這金鐃不知是什麼寶貝，上下合在一起了，小神力薄，掀不動啊。

揭諦看情形不妙，立刻讓神仙兄弟們守住唐僧師徒，他則是馬不停蹄地奔上天庭，火速報告玉帝。玉帝立刻派二十八星宿去小雷音寺救悟空師徒。

陛下，那個……

不必說了，二十八星宿火速前去支援大聖。

猴子有難，眾卿家有勞了！

二十八星宿到了現場，立刻忙活起來，使槍的使槍、使斧的使斧，敲的敲、鑿的鑿、掀的掀，鬧到了三更天，大家也打不開金鐃。最後還是頭上有角的亢金龍想了個絕妙的主意。

奎木狼

有勞，有勞。

大聖，等會兒我用角尖拱進來，這樣稍微有條縫隙，你就能脫身了！

亢金龍

只見亢金龍把自己變得微小至極，把角尖順著金鐃的
縫鑽了進去，然後再變大。角尖倒是頂進去了一點，
可是金鐃還是嚴絲合縫，根本就沒有能讓悟空鑽出來
的空隙。還是悟空聰明，他看見鑽進來的角尖，立刻
有了逃出去的辦法，不過亢金龍得吃點苦頭。

你忍著疼，我
使個笨辦法。

只要大聖能
出來就好。

悟空小心地在亢金龍的角尖上鑽了個小洞，自己則
變小躲進洞裡。一切準備好以後，二十八星宿一起
幫亢金龍抽出角尖。悟空終於得救了，但星宿們一
個個累得筋疲力盡。

哎呀媽呀，
累死我了！

悟空出來一看，困住自己的竟然是這個玩意兒，氣得
大棒一揮，金鐃立刻碎成幾塊。

悶死我了，看我
不打爛這東西！

打碎金鐃的巨響驚醒了洞中的大小妖怪。老妖立刻囑
咐小妖們關緊門戶，不能讓唐僧跑了。他自己披掛上
陣，拎著一根狼牙棒就出門迎戰。

小雷音寺

這猴子真是混蛋！
看我教訓他！

꒰ 人種袋發威 ꒱

悟空本來已經跟眾星宿出了洞，但是被老妖的激將法絆住，非要回去跟老妖打架。這老妖也不一般，他自稱黃眉老佛，還把自己的地盤叫作小西天。雙方你來我往，打得不可開交。眾妖精和星宿們各占一方，搖旗吶喊。

你這猴子有眼不識泰山！此處名喚小西天，我乃黃眉老佛。咱們賭個輸贏，若是鬥得過我，就饒了你師父；若是鬥不過，那我就替你師父去取經。

你不配和我賭，只配挨這棍子打！

小西天

二十八星宿看大聖一時打不贏這個老妖，就一齊圍了上來。小妖們傻了眼，老妖卻一點也不怕。只見他從容地從腰間解下一條白布包，往天上一拋……別說悟空和二十八星宿，連站在一旁的五方揭ㄐㄧㄝˊ諦ㄉㄧˋ都被一同收了進去。

跟我鬥？沒用。

你是收破爛的嗎？不是鏡，就是布袋！

黃眉老怪把白布包背回洞裡，讓小妖們把俘ᴸ虜ᴷ全捆起來扔在地上，然後大擺宴席，與小妖們開懷痛飲。

半夜出逃

半夜，悟空聽見師父哭著說都是自己的錯，不好好聽悟空的話才讓大家遭了殃，本來還有些埋怨唐僧的悟空立刻心軟了，趕緊掙脫了自己的繩子，跑去救師父。

> 悟空，怪師父看不清，以後還是聽你的！

> 師父，我來了！

悟空放了大家，囑咐二十八星宿帶著師父和師弟們到山下平地處等著自己，他還要回去把師父的小包袱找回來。那東西雖然不值錢，但裡面都是師父一路走來的通關文牒，還有袈ㄐㄧㄚ裟ㄕㄚˋ和紫金缽盂，不能遺失。

> 我還要去找行李和白龍馬。

> 想不到你這猴子重物輕人。命都快沒了，還想著財產做什麼？

> 你哪知道，我師父的通關文牒、證件、錦襴袈裟和紫金缽盂都是佛門至寶，哪能白白送給妖怪？

悟空變成一隻蝙蝠，從窗戶飛進去，很快就找到了包袱和行李，但當他挑起包裹時，扁擔偏了方向，包裹的一頭落下來，在樓板上發出了聲響，把黃眉怪給驚醒了。

你這猴子總幹些偷雞摸狗的事。

拿回自己的東西還成小偷了！妖怪的邏輯真奇怪。

黃眉怪這一醒不打緊，很快就有小妖先後來報：「唐僧跑了！」「猴子跑了！」「神仙們跑了！」黃眉怪立刻命令小妖們追趕。悟空一看不好，行李也不要了，先出洞再說！

好漢不吃眼前虧，先走一步！

黃眉怪在山坡下追上逃跑的唐僧等人，二十八星宿立即揮舞著兵器奮力廝殺，可是那妖怪又取出了布包，悟空眼尖，第一個逃了，剩下的人又一次被吸進口袋，帶回了山洞。

怎麼又是這個鬼東西？先閃人要緊。

玉帝的兵已經被黃眉怪收去，這次得換一家搬救兵。悟空想起南贍部洲武當山上的蕩魔天尊，或許他那裡的神兵神將可以用。蕩魔天尊聽完悟空所求，立即派出龜、蛇二將和五大神龍。

好說，好說。龜、蛇二將和五大神龍，你們隨齊天大聖走一趟。

蕩魔天尊

彌勒瓜田收妖

蕩魔天尊的五大神龍和龜、蛇二將都有好手段，只可惜碰見那黃眉怪的布包，還是「咻」一下被收進去，沒商量。只有悟空，因爲早有防備，再次逃脫。

哼，你等著！

我有神奇的袋袋！

悟空的救兵一撥又一撥地搬，黃眉怪的布包一撥接一撥地收，悟空都要絕望了。就在這時，天上突然飄來了一朵彩色祥雲，一時間花雨繽紛。有人叫道：「悟空，認得我嗎？」悟空湊上去一看，原來是方頭大耳、滿面笑容的彌勒佛。

 彌勒佛 大肚能容，容天下難容之事；笑口常開，笑世間可笑之人。

東來佛祖，什麽風把你吹來了？

 我此來，專爲這小雷音的妖怪。

原來那黃眉怪是彌勒佛面前專門司磬ㄑㄧㄥˋ的黃眉童子。
三月三日，彌勒佛赴元始天尊的大會，黃眉童子就把
金鐃和布包兩件寶貝偷走。那布包是彌勒佛的「人種
袋」，黃眉怪的狼牙棒就是敲磬的槌子。

彌勒佛和悟空制訂了一個作戰計畫，他在悟空耳朵旁
悄悄說了幾句，悟空轉怒為喜。彌勒佛還在悟空的掌
心上寫了個「禁」字，讓他捏著拳頭，見妖精時亮出
來，黃眉怪就會乖乖地跟來。

悟空跑到黃眉怪門前叫陣。老怪一露面，悟空立刻張開握緊的拳頭。看到悟空手心的「禁」字，老怪立刻一路跟來，好像丟了魂似的。悟空跑進一片西瓜田，突然沒了蹤影。

看見瓜田，黃眉怪十分開心，他正跑得口乾舌燥。看見眼前的瓜棚裡有個賣瓜的老頭，黃眉怪立卽過去要瓜吃。老頭笑咪咪地遞給他一個大西瓜。

妖怪剛張開大嘴，西瓜竟然一下子鑽進了他的肚子裡。妖怪哪裡知道，賣瓜的是彌勒佛，鑽進肚子裡的西瓜就是孫悟空。

這麼大的瓜，怎麼自己就鑽進肚子裡了？

進了黃眉怪的肚子，悟空開始沒頭沒腦地折騰起來。黃眉怪疼得滿地打滾，連連呼救求饒，在瓜田來回打滾。彌勒佛不費吹灰之力就收回了人種袋和敲磬槌。這時候，他老人家才現出本相，黃眉怪這回服了。

主人，饒我一命吧，饒我一命吧，我再也不敢啦！

孽畜，認得我嗎？

彌勒佛替黃眉怪向悟空求情，可是悟空不解氣，還在左一拳、右一腳地亂跳亂搗。直到鬧累了，悟空才從黃眉怪嘴裡飛出來。

悟空還想拿棒子打那妖怪，可是彌勒佛已經先他一步，把黃眉怪收到人種袋裡了。

我的金鐃去哪裡了？

被那猴子打碎了！

打碎的金塊呢？

還在蓮臺上。

彌勒佛顯然不想放棄自己的金鐃，乾脆跟悟空回到妖洞。金鐃的碎片果然還在，彌勒佛念動咒語，頃刻間金鐃就恢復了原樣。這會兒工夫，悟空已經解救了師父、師弟和來幫忙的眾位神仙。

您老人家還有這技術！厲害厲害！

八戒餓得不行，一解放就先跑去找吃的。黃眉怪剛剛
準備了飯，還沒吃就被悟空引出去打架。如今，這頓
飯剛好便宜了八戒和眾神仙。

大家吃完飯，悟空讓八戒找來柴火，把小西天的珍樓、寶座、高閣和講堂全部燒成灰燼。唐僧師徒感謝了前來幫忙的眾位神仙，把神仙們一一送走後，師徒四人重新上路。

駝羅莊斬蛇

這一天傍晚，師徒四人走到一處莊戶借宿。主人一聽說他們要去西天取經便連連搖頭，說他們這裡是小西天駝羅莊，離西天很遠不說，西邊的那條道路就走不了。

大驚小怪，怎麼就不能過？

此處是小西天，你們去大西天還遠著呢。就我們現在這個駝羅莊，你們都過不去啊。

原來駝羅莊西邊有座長滿柿子樹的山，柿子的七個特點叫作「七絕」，所以此山又叫「七絕山」。山上本來有一條路，因為每年熟透的柿子落在地上腐爛，故此得名「稀柿衕」。因為沒人收拾，天長日久之下，這條路變得臭氣熏天，莊裡的人乾脆叫它「稀屎衕」，再也沒人願意走那條路了。

無蟲

枝葉肥大

益壽

多陰

無鳥巢

嘉實

霜葉可玩

悟空跳到老漢面前說老漢嚇唬他們，老漢被悟空嚇個半死，可是，聽完悟空講他能上天入地、捉妖降魔的本事後，老漢立刻喜笑顏開，不但奉師徒四人爲上賓，還忙活張羅下人準備上好的齋飯。悟空一問，原來老漢是想請他抓妖怪。

我們駝羅莊就有個妖怪，你們拿住他，整個莊子必有重謝。

三年前，駝羅莊突然來了個妖精，把莊子裡的牛馬豬羊都給吃了，還要吃人！此後每隔一段時間，這妖精就來禍害一番。莊上也請過降妖驅魔的和尚、道士，但他們制服不了妖怪，反而丟了性命。

請來的和尚、道士都被妖怪吃啦！

如今，老漢聽悟空說自個兒這麼有本事，自然想要請悟空為莊子剷除妖怪。老漢還許諾，只要除掉妖怪，全莊人都會獻上良田、金銀，修廟拜佛，就地供養唐僧師徒。悟空一聽要請他捉妖，立刻來了精神。

說話間，外面一陣狂風大作，老漢立刻變了臉，大喊：「妖精來了！」他拉著唐僧和家眷就往屋裡跑，八戒和沙僧也要跟著進屋，被悟空一把攔住，要他們跟著自己去捉妖。

外面漆黑一片，大風刮了一陣，忽然停了，八戒抬頭一看，天上懸了兩盞燈……那不是燈，那是妖精的眼睛！悟空立刻囑咐師弟們保護師父，他要去看個清楚。

悟空直接跳上半空，質問對方是什麼精怪。那妖精也不答話，只是不停地舞槍。悟空和牠一直鬥到三更時分，八戒也跳上來助戰，那妖精還是一聲不吭，就知道舞槍亂打。

悟空判斷牠就是個初級妖精，天亮就得跑。果然不出所料，悟空和八戒一路追過去，竟追到了臭烘烘的「稀屎衕」。那妖精現出原形，原來是一條紅鱗大蟒精，那不停舞動的「槍」，就是蟒蛇的蛇信。

大蟒精無心戀戰，一頭鑽進地面上的一個洞裡去，七八尺的尾巴露在外面，被八戒一把拽住，但任八戒使多大力氣，都沒法把牠拽出來。悟空聰明，他看出這洞一定還有個出口，讓八戒去出口處等著，他自有辦法逼牠出來。

八戒跑到山後，果然看見一個洞口。還沒等他站穩，
悟空已經用金箍棒直搗蛇窟。大蟒立刻從後門竄出
去，八戒沒留神，被撞了個跟頭。

悟空和八戒一路追趕，大蟒見自己再沒有退路，乾脆
轉身盤作一團，張開了巨口。八戒趕緊後退，悟空反
而迎上前，被大蟒一口吞了下去。

悟空怎麼可能被蟒蛇吃掉，只聽他在蟒蛇肚子裡一頓嚷嚷，一會兒說變「橋」，一會兒說變「船」，一會兒又說要撐起「桅杆」。大蟒被迫一會兒變橋，一會兒變船，肚子還被金箍棒撐起七丈高。大蟒哪裡受得了這樣的折騰，掙扎一會兒就一命嗚呼。悟空把那怪物的肚皮戳個大洞跳出來，然後和八戒拖著蟒蛇的尾巴，把害人精帶回駝羅莊給眾人觀看。

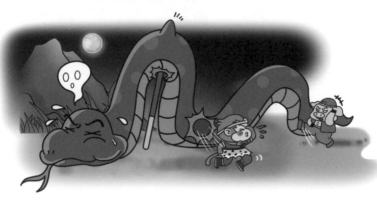

他們的吆喝聲驚動了駝羅莊的男女老少，村民們驚喜地發現妖怪已除，且悟空和八戒平安歸來，立刻相互轉告。不一會兒整個莊子都沸騰起來，人們敲鑼打鼓，迎接悟空和八戒的凱旋。

孫長老和豬長老真是我們的大恩人啊。

唐僧師徒告辭的時候，駝羅莊上下七八百人都來相送。但只是到了「稀屎衕」時，唐僧有點傻眼，這裡滿路汙穢、臭氣熏天，根本無處落腳。駝羅莊的百姓信誓旦旦地要為唐僧師徒開出一條路來，可是這得等到何年何月啊？悟空微微一笑，心裡有個更好的主意。駝羅莊做飯的效率就是高，不一會兒就準備了幾十擔好吃好喝的。八戒雖然懶惰，但他擋不住美食的誘惑，吃飽喝足後便念動口訣，變成一頭黑面白蹄的大豬，然後就開始拱路。八戒拱了兩日，又吃了幾頓，最終清理了「稀屎衕」，師徒四人順利通過，再次踏上取經的路。

你們煮兩石米的乾飯，再蒸些饅頭給我師弟吃。他吃飽後變成大豬，拱開舊路，我們不就能過去了？

原來我就是個開路機器！

唐朝的西瓜到底好不好吃?

在這個故事中,黃眉怪在彌勒佛的瓜田裡吃掉孫悟空變成的大西瓜,大家肯定對此印象深刻。《西遊記》的主人翁原型是玄奘法師,據考證,在他當時生活的唐朝中原地區,市面上還沒有西瓜。

根據歐陽修《新五代史·四夷附錄》的記載,中原居民開始吃西瓜的時候是在五代時期。現在人們普遍認為西瓜原產於非洲,唐代時引入新疆,五代十國才傳入中原。

就這種瓜,猴子都不吃。

根據學者研究,唐朝人吃到的並不是西瓜,而是左邊圖中的這種瓜,尺寸小、瓜肉少,味道可能還很苦澀。

有考古學家發現,遼墓《宴飲圖》上的瓜看上去與現在的西瓜十分相似,但小很多。

我突然懷疑起花果山的瓜果味道了……

《宴飲圖》

到了南宋時期，北方的女真崛起，南宋官員洪皓出使金國，被金國扣留長達十五年，到紹興十三年（1143 年）才得以歸國。洪皓歸來時，帶回了西瓜種子，開始在中原地區和杭州等地種植。

因此，唐朝還沒有出現「西瓜」，但吳承恩寫《西遊記》時已是明代，那時中原已經普遍種植西瓜了。

二十八星宿

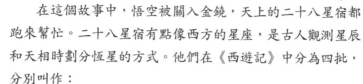

　　在這個故事中，悟空被關入金鐃，天上的二十八星宿都跑來幫忙。二十八星宿有點像西方的星座，是古人觀測星辰和天相時劃分恆星的方式。他們在《西遊記》中分為四批，分別叫作：

青龍七宿

角ㄐㄧㄠˇ木蛟　亢金龍　氐ㄉㄧ土貉ㄏㄜ　房日兔　心月狐　尾火虎　箕ㄐㄧ水豹

朱雀七宿

井木犴ㄢˋ　鬼金羊　柳土獐ㄓㄤ　星日馬　張月鹿　翼火蛇　軫ㄓㄣˇ水蚓

白虎七宿

奎木狼　婁ㄌㄡˊ金狗　胃土雉　昴ㄇㄠˇ日雞　畢月烏　觜ㄗ火猴　參ㄕㄣ水猿

玄武七宿

斗木獬ㄒㄧㄝˋ　牛金牛　女土蝠　虛日鼠　危月燕　室火豬　壁水貐ㄩˇ

　　其中昴日雞和奎木狼在《西遊記》有重頭戲，分別是降伏蠍子精的昴日星官，以及寶象國波月洞的黃袍怪。二十八星宿最早的紀錄是春秋時期的《尚書·堯典》，而最完整的紀錄則保存在出土於湖北隨縣戰國古墓的漆箱蓋上。

第 4 章

孫猴巧行醫

朱紫國揭皇榜

唐僧師徒日夜趕路，這天他們來到了朱紫國，只見街上人來人往，店鋪生意興隆，熱鬧程度不亞於大唐。街邊做買賣的小販看八戒相貌醜陋、沙僧面黑身長、悟空毛臉雷公嘴，都跑來看熱鬧。

> 這是馬戲團的嗎？

> 大概是耍猴戲、遛豬的和挖煤工。

> 那個大耳朵的真醜啊！

> 只有貧僧不稀奇，最好看！

不一會兒，唐僧看到一處驛館，就帶著悟空三人去住宿。管事打掃了普通客房，讓師徒四個搬進去，又送來白米、麵條、青菜、豆腐等原料，打發他們自己做飯吃。悟空見住宿條件不太好，還得自己做飯，心裡有點不愉快。

> 西房有鍋灶柴火，餓了自己煮飯吃。

> 我們是大唐貴客，為何不讓我們住上等房？

> 悟空，不要太挑剔，我們自食其力吧。

唐僧想早點換了官文，早點出發趕路，便向管事打聽什麼時候上朝才能碰見國王。管事說，最好就在今天。他們國王長期生病，今天難得上朝，錯過今天就不知道要等到何年何月了。唐僧立刻換上袈裟，前往王宮。

> 過了這村就沒這店了。

> 來得早不如來得巧。

朱紫國國王今天上朝是為了和群臣商議貼皇榜找醫生的事。忽然聽見有人來報，王宮外有東土大唐的僧人求見，國王十分高興，認為這是吉兆，便非常隆重地接待了唐僧。唐僧看見國王，心中一驚，國王滿臉病容、面黃肌瘦，果然生病了。

> 寡人久病，今天剛要發皇榜招醫，就有高僧來國。

> 陛下，我是來倒換官文的。

朱紫國國王

驛館裡，徒弟們自己做飯，卻沒有調味料。悟空叫八
戒去買，八戒可懶得動。悟空也不求他，只說街市上
有許多好吃的，可以一路買、一路吃，說得八戒腳下
生風，立刻勤快起來。

你沒看見街上點心茶坊，
賣的都是大燒餅、糕點、
酥餅、甜點、花捲……

我去我去！
咱們一起出
去轉轉吧。

兩個人一路走走看看，忽然看見鼓樓邊上聚了許多
人，像是在看什麼熱鬧。悟空要擠過去瞧瞧，八戒見
不是吃的，堅決不去，就躲在牆根等著。

讓一讓！
俺老孫也要看看！

原來人群都是被國王發布的皇榜吸引來的。皇榜上面寫著朱紫國國王身染重病，久治不癒，特招天下賢醫，如果誰能治好國王的病，就與他平分社稷。悟空看著皇榜，又看了看縮頭縮腦的八戒，心裡突然有了個壞主意。

重金求醫

皇榜

逗逗八戒！

悟空拈起一撮土，往天上一撒，又念了聲咒語，頓時吹起一陣旋風。人群和皇榜的守衛都蒙頭閉眼，悟空趁機揭了皇榜，塞到躲在牆根的八戒懷裡，自己則笑嘻嘻地跑回驛館去了。

怎麼突然會有沙塵暴？

嘻嘻嘻，有好戲看了。

等旋風過去，眾人睜開眼，發現皇榜不見了，都大驚失色。太監、校⁽ㄐㄧㄠˋ⁾尉四下尋找，很快就找到了揣著榜文的八戒。八戒馬上明白，自己又中了悟空的計，氣得牙癢癢。

你往哪裡走？揭了皇榜，就要跟我們進宮。

啥？什麼皇榜？

你懷裡的不就是？

啊？這不是我揭的呀！

大膽狂徒！竟然敢戲弄官差！

一定是弼馬溫搞的鬼！

站住！

八戒立刻向太監和校尉們說明情況，還帶著他們直奔
驛館。還沒進門，就聽見悟空在跟沙僧說笑，八戒罵
罵咧咧地進門，要悟空趕緊澄清揭皇榜的是孫猴子，
不是他老豬。

好你個猴子，叫我去
買燒餅，原來都是藉口。
弄個旋風揭了什麼皇榜，
現在讓我背黑鍋。

悟空看見呼啦啦擁進來一群太監和校尉，立即嚴肅起
來，不但承認是自己揭了皇榜，還說非得國王親自來
請，他才肯去給國王治病。見悟空提了這麼大的一個
要求，幾個校尉趕緊回宮稟告朱紫國國王。

讓國王親自登門來
請我老孫，我就能
讓他藥到病除！

是是是，孫神醫，我
們馬上去稟告陛下。

聽說唐朝來的孫長老能治他的病，好像還是眼前貴客唐僧的徒弟，病懨懨的國王覺得自己有救了，充滿期待地跟唐僧打探悟空的醫術。唐僧怎麼也想不明白悟空為何會看病，不敢多說。

聖僧何不早說高徒是神醫啊？

這……我也是第一次聽說悟空當過醫生啊。

國王認為唐僧謙虛，但他真的無法親自到驛館請悟空出山，就囑咐大臣們一定要用君臣之禮對待悟空。悟空在驛館裡確實威風了一把，他不再為難大臣們，受了禮之後，就樂呵呵地去了王宮，臨走時還囑咐八戒、沙僧，若有人送藥來，就照數全收下。

陛下現在已經乘不了馬車，我們代替陛下請孫聖僧入朝。

既然國王病得厲害，我就不勉強了。列位先行，我隨後就到。

☙ 悟空入朝 ☙

國王滿心歡喜地請到悟空，誰想到這位孫長老長成這副模樣，
他嚇得跌坐在龍床上，好半天沒緩過神。

國王害怕悟空的模樣，說啥也不想再看到悟空。悟空也不生
氣，說自己會「懸絲診脈」的絕活，不必親眼見到病人。眾人一
聽，都對悟空充滿期待。不過唐僧很擔心，這一路走來，哪裡
見過悟空給人看過病？只怕悟空吹牛害人害己。

悟空拔下三根毫毛，變成三根二丈四尺的金線，讓近侍分別把三根金線的一頭繫在國王手腕的不同位置上，另一頭交給自己。只見悟空把著金線，一會兒就有了診斷。他不但把國王的病症、病候說得一清二楚，還斷言國王的病叫「雙鳥失群之症」。國王彷彿來了精神，直呼悟空是神醫！

衆位大臣還不清楚狀況，悟空解釋：「『雙鳥失群』就是本來好好的一對鳥夫妻，在暴風驟雨中受到驚嚇而離散；國王就如同見不到雌鳥的雄鳥一樣，因驚嚇和相思生了病。」大臣們一聽，立刻對悟空豎起了大拇指。

製作「烏金丹」

國王讓悟空製藥，並囑咐朝中上下全力配合。可是，他卻把唐僧留在了王宮。唐僧和悟空都明白，師父是被留下來當人質。悟空讓師父放心，他心中有數。

你要是醫得好，萬事大吉；要是醫不好，你師父的腦袋就不保了。

死猴子可別害我呀……

師父，你在宮裡享福，老孫自有辦法，放心！

悟空回到驛館，發現這裡已經堆了兩千多斤中藥，簡直跟藥鋪差不多。八戒纏著悟空要他解釋爲什麼要用這麼多藥，悟空告訴他這是爲了掩人耳目，不讓醫官們弄清自己到底用了什麼藥給國王治病。這時，先前叫悟空他們自己做飯吃的管事來了，誠心跪請師兄弟三人去吃齋飯。

你這是幹什麼？齋飯不是得我們自己做嗎？

孫神醫您大人不記小人過，等治好了國王的病，這國家一半都是您的，連小人都是您的子民了！

悟空雖然讓國王準備了所有的藥材，但他其實只用了大黃和巴豆這兩味瀉ㄒㄧㄝˋ藥ㄧㄠˋ。他又讓八戒去刮點兒鍋灰，再弄點兒馬尿。八戒覺得悟空是在胡鬧，悟空卻自有道理，他說鍋灰是「百草霜」，白龍馬的尿自然是「龍水」了。

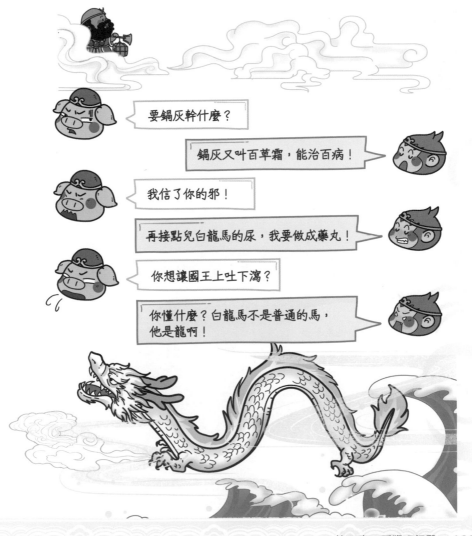

要鍋灰幹什麼？

鍋灰又叫百草霜，能治百病！

我信了你的邪！

再接點兒白龍馬的尿，我要做成藥丸！

你想讓國王上吐下瀉？

你懂什麼？白龍馬不是普通的馬，他是龍啊！

八戒半信半疑地去馬廄（ㄐㄧㄡˋ）找白龍馬要馬尿，可是白龍馬根本不理他，一滴尿都不給。八戒沒辦法，回來找悟空告狀。悟空只好親自去了馬廄，勸白龍馬撒尿救師父。

傻兄弟，你的尿是藥，能救國王。救了他，他才能放了師父，咱們才能去西天取經！

龍尿金貴，不能隨便給！

聽悟空這麼一說，白龍馬立刻覺得自己非常崇高，便尿了半盞，正好夠悟空做三個大藥丸。

俺不僅馱師父取經，還貢獻了珍貴的藥引！

這半盞也差不多了，拿去吧。

還說自己是西海龍太子呢，怎麼這麼小氣？

第二天,醫官來取藥。悟空又賣了個關子。他說此藥名爲「烏金丹」,但對服藥時喝的藥引有要求。藥引有兩種,其中一種比較難獲得,那就是用六物煎湯,這六物都是天上才有的東西。

緊水負的鯉魚尿

緊水負
WC

五根困龍鬚

鍋灰拌的,當然叫「烏金」。

半空飛的老鴉屁

玉帝戴破的三塊頭巾

王母娘娘的擦臉粉

老君爐裡的煉丹灰

煎湯的六物指的是……

醫官犯難，人間哪有天上的六物呢？悟空又說，還有一樣是「無根水」，也就是天上降下來的雨水。醫官立即捧著藥回宮，向國王彙報。國王聽說可以用雨水服藥，趕緊派人找法師求雨。

趕緊祈福求雨，盛得無根水。

等法師求雨得等到什麼年頭？悟空很快就找來了東海龍王。沒有玉帝的旨意是不能隨便下雨的，悟空自然不能為難龍王，但他需要的雨量不大，夠國王喝藥就行，所以他讓龍王打個噴嚏，這點龍王還是可以做到。

你下點兒雨還要什麼雨具？隨便打個噴嚏就夠了。

大聖召喚小神來時未說要雨水，我不曾帶雨具來啊。

龍王非常聽話地飛到王宮上空打了個大噴嚏！看到這場及時雨，國王高興壞了。無論是宮娥太監，還是妃嬪朝臣，宮廷上下都端著碗盤來接雨水，總共搜集了三大碗。幫完忙，龍王和悟空告辭，回了東海。

❧ 詢問病根 ❧

朱紫國國王用雨水服了烏金丹後，就開始拉肚子，直到拉出一塊糯米飯糰，頓時覺得身上輕快了許多，精神也好了起來。他對唐朝聖僧佩服得五體投地。國王休息一會兒以後，立刻在光祿寺擺宴，酬謝師徒四人。悟空趁機問起國王怎麼得到相思憂懼的「雙鳥失群之症」。

不瞞聖僧，事情還要從三年前的端午節說起。

原來國王果然像雄鳥失去雌鳥一樣，失去了一位心愛的娘娘。端午節時，娘娘被自稱「賽太歲」的妖怪搶走了。當時國王又驚又怕，吃下去的粽子無法消化，就塞在身體裡，因此生病了。

那妖怪威脅說，得不到娘娘，就把全城的百姓連同滿朝文武都吃掉。沒辦法，娘娘就任他搶走了……嗚嗚嗚……

自己的老婆都護不住，活該你得病。

悟空聽說有妖怪，精神一振。國王說，那賽太歲住在三千里外的麒(ㄑㄧˊ)麟(ㄌㄧㄣˊ)山獬(ㄒㄧㄝˋ)豸(ㄓˋ)洞。這幾年時不時就來索要宮女。國王害怕他哪天不高興把自己吃了，乾脆挖了個地洞，取名曰「避妖樓」，只要聽說賽太歲來要人，就立刻躲進去避難。

這裡搞得跟地下防空洞似的。我看那妖精也不想害你，不然這塊石板怎麼擋得住他？

正說著，南邊兒刮來一陣陰風。國王嚇得趕緊鑽進他的地洞，大小官員連同唐僧也跟著進去。八戒和沙僧也要往裡走，被悟空一把拽住，都是下凡的神仙，還怕個妖怪不成！

呆子！打怪不積極，逃跑第一名！

眾官躲了，師父藏了，國王避了，我們也躲躲吧。

但是，這次來的不是賽太歲，而是一個來要宮女的小妖。悟空上去一頓打，把小妖手裡的長槍砸成兩截，嚇得小妖掉頭就跑。

你等著，我們大王會收拾你的！

悟空一路追到麒麟山，只見麒麟山裡陰風咆哮，山火翻湧，突然間就迸出一道沙來，還帶著青、紅、白、黑、黃五色怪煙。悟空急忙變成一隻小飛蟲，飛入煙沙之中。

麒麟山

居然有五種顏色的霧霾。肯定有妖怪！

麒麟山遇小妖

煙沙很快就沒了，大路上卻走來一個敲鑼背旗的小妖。悟空搖身一變，變成一個小道童，假裝偶遇，和小妖有一搭沒一搭地說起話來。這小妖想必是寂寞難耐，簡直是有問必答。

長官，你是來出差的嗎？

我家大王派我去朱紫國下戰書！

你家大王為什麼要去朱紫國下戰書？

別提了！不知哪個神仙送了娘娘一件五彩衣，穿上以後，娘娘就好像渾身是刺，身碰扎身、手碰扎手，根本無法靠近！剛剛去要宮女的先鋒又被什麼孫行者打了一頓，大王生氣，讓我去下戰書！

第一次遇到這麼實在的妖怪。

這麼沒頭腦，只能有來無去了。

小妖說完就急忙趕路，哪想到被悟空從後面兜頭一棒，一命歸西。悟空在小妖身上發現了一個牙牌，原來他是賽太歲的心腹小妖，名叫「有來有去」。

悟空本想殺進賽太歲的獬豸洞，但又想起那來路不明的煙沙還不知道是怎麼一回事，決定先把小妖的屍首帶回去，讓國王增加信心。想要救娘娘，還是得好好制定計畫才行。

我學聰明了，智取！

大師兄別怕，老豬來助你一臂之力！

啊……這妖怪已經死了？我說怎麼不動彈。

悟空知道，若想救娘娘，就必須讓娘娘知道自己值得信任。為了順利和娘娘相認，悟空向國王索要一件信物，國王立刻拿來娘娘心愛的金寶串。她本來一直戴在手上，但因為被抓走當天是端午節，要在手上綁五彩線，才把它脫下來放進梳妝盒。國王說，娘娘一定認得這件飾品。

睹物思人，我也經常忍不住看著這手串想她。

我怎麼讓娘娘知道我是救兵？

❧ 混入獬豸洞 ❧

悟空把寶串收好,變成有來有去的模樣,大搖大擺地
回到獬豸洞,賽太歲威風凜凜地坐在寶座上。悟空也
不鞠躬行禮,只是亂敲鑼。賽太歲問他朱紫國的情
況,悟空便一頓亂說。

都進洞了,還敲什麼鑼?

大王,朱紫國士兵多得很!他們差點殺了我!

他們有多少兵馬?

烏泱泱一片,兵強馬壯啊!

我才不怕!只是我猜娘娘聽了你的
話會很開心,你替我去哄哄娘娘吧!

賽太歲讓有來有去給娘娘講朱紫國的事兒解悶,正中悟空下
懷。他來到後宮,果然看見娘娘被一群狐妖、鹿妖圍著伺候,
卻愁眉不展,淚光閃閃。悟空走到近前,對娘娘說朱紫國國王
給娘娘捎了句
話,需要屏退
左右才能說。
娘娘立刻明
白。等到房中
只剩下娘娘一
人,悟空便現
了原形,掏出
金寶串,說明
了來意。

娘娘別怕,我是東土大唐來的和尚。路過朱紫國,受國王所托,特來救你回國。

這是國王親自交給我的,娘娘請看。

朱紫國金聖宮娘娘

長老,救我!

悟空問娘娘賽太歲是不是有什麼寶貝，娘娘告訴悟空，妖怪掛在身上的三個紫金鈴鐺是個法寶，各有功效。

第二個鈴晃一晃，三百丈煙光熏死人。

第三個鈴晃一晃，三百丈黃沙刮死人。

第一個鈴晃一晃，三百丈火光燒死人。

煙、火還不打緊，黃沙一旦鑽進人的鼻子，就會傷人性命。

賽太歲總是把金鈴隨身攜帶，不讓任何人碰。悟空勸娘娘想辦法把紫金鈴騙來保管。娘娘爲了能夠儘快除掉妖怪，決定試一試。

可是……我不會騙人啊。

娘娘你得想辦法把紫金鈴騙來，方便我救你出去。

誰生來就會？老孫到時候助你一臂之力。

悟空和娘娘定好計畫後，重新變回小妖怪有來有去的
模樣，回去找賽太歲了。

大王，娘娘請您過去吃酒！

太陽從西邊出來了？娘娘時常罵
我，今日怎麼要請我了？

我聽說朱紫國國王立了個新王后，想必
是娘娘死了回宮的心，才命我來奉請。

想不到你這麼聰明。等我
滅了朱紫國，封你做丞相。

賽太歲大概是頭一次被娘娘和顏悅色地對待，簡直樂
開了花，可是因為娘娘還穿著那件衣服，他還是不敢
靠近，就怕被娘娘的衣服扎傷。娘娘不僅貌美，也很
聰明，她對賽太歲說，愛就是信任，他應該把紫金鈴
交給她保管，才表示很愛自己。賽太歲立刻被愛情沖
昏了頭腦，依言照做。

對！美人說的都
對！立即照辦！

愛我就要信任我！
寶貝都要交給我！

我就知道我的真心一
定能換來你的真心。

金鈴失火

爲了哄娘娘開心，賽太歲揭起三層衣服，把貼身的紫金鈴拿了出來，還用棉花塞住了鈴鐺口。娘娘把紫金鈴放在梳妝臺上，悟空看得清楚，不一會兒，紫金鈴就到了悟空的手裡。

為了換取真正的自由與愛情，我也很努力！

您真是美麗又智慧！

悟空偷了寶貝，心裡歡喜，還沒出門就掏出來看。悟空猴性不改，竟然把鈴鐺裡的棉花都拔了。一時間，火、煙和沙全都噴了出來。

我先看看好不好用？哇，真嚇人！

悟空嚇了一跳，手忙腳亂地丟了鈴鐺，變成一隻蒼
蠅趴在沒有火的石柱上。洞裡失火，妖怪們趕緊關
上門滅火，賽太歲判斷八成是悟空變成有來有去的
模樣偷了鈴鐺，可是洞裡一片混亂，他一時間也找
不到悟空。

不好啦！洞裡
著火啦！

妖怪們鬧了半夜，就各自回去睡了。悟空趕緊飛回到
娘娘身邊，勸她再試一次，把紫金鈴再騙過來。

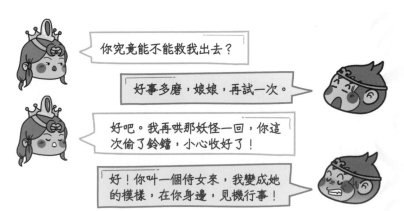

你究竟能不能救我出去？

好事多磨，娘娘，再試一次。

好吧。我再哄那妖怪一回，你這
次偷了鈴鐺，小心收好了！

好！你叫一個侍女來，我變成她
的模樣，在你身邊，見機行事！

偷天換日

侍女春嬌聽到娘娘召喚，趕緊進來。再出去時，忽然覺得睏得不行，就找個地方呼呼睡了過去。不一會兒，「春嬌」又活蹦亂跳地回到了娘娘的身邊。兩人眼神一對，娘娘便知道，眼前的「春嬌」是悟空變的。

怎麼突然這麼睏……呼呼。

安心睡吧，嘻嘻。

春嬌

賽太歲被娘娘請來喝酒，娘娘一杯又一杯地勸酒，賽太歲一杯接一杯地喝酒。「春嬌」見賽太歲已經醉眼矇矓，立刻拔下幾根毫毛變成一堆蝨子、跳蚤和臭蟲，一股腦兒爬到賽太歲的身上。賽太歲立刻覺得身上奇癢無比。

我從不如此，怎麼偏偏今日出醜？我以前可是乾淨又漂亮的……嗯，我以前非常愛乾淨呢。

大王，您有多長時間沒換洗衣服了呀？

賽太歲脫下衣服一看，渾身上下爬滿了蟲子，鈴鐺上也是。娘娘假裝要幫賽太歲捉蟲子，「春嬌」趁機接過鈴鐺。賽太歲只顧著捉蟲解癢，壓根兒沒看到「春嬌」把真鈴鐺換成了假鈴鐺。之後，賽太歲把假鈴鐺托付給娘娘，還囑咐她好好保管。

嘿嘿，給你來個偷天換日！

悟空得手後，立刻溜出洞外，現出本相。這回悟空十分囂張，不但要妖怪送回娘娘，還自稱「外公」，拐彎抹角地占妖怪的便宜。小妖來稟報，賽太歲居然沒聽出來，這智商是真讓人著急啊！

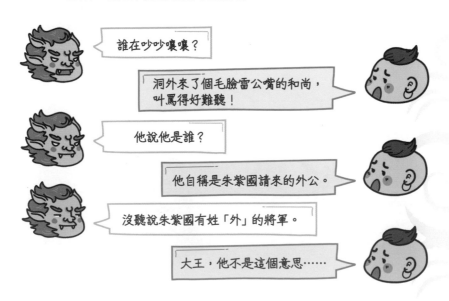

誰在吵吵嚷嚷？

洞外來了個毛臉雷公嘴的和尚，叫罵得好難聽！

他說他是誰？

他自稱是朱紫國請來的外公。

沒聽說朱紫國有姓「外」的將軍。

大王，他不是這個意思……

賽太歲被悟空鬧得不行，只好拿著宣花斧出來應戰。
陣前一打聽，發現悟空就是當年大鬧天宮的主人公。
賽太歲跟他打了一會兒，發現自己確實不是悟空的對
手，就決定回洞裡取了寶貝再戰。

悟空知道真鈴鐺在自己的手裡，可娘娘不知道。聽到
賽太歲要取鈴鐺對付悟空，娘娘推推擋擋，可是妖怪
著急得生氣，娘娘沒辦法，只好把鈴鐺拿給他。

❧真假紫金鈴❧

賽太歲興沖沖地拿著鈴鐺出來，不料悟空也掏出三個一模一樣的。賽太歲十分奇怪，看著這妖怪納悶的樣子，悟空就想逗逗他。

你的鈴鐺哪來的？

你的鈴鐺又是哪來的？

我的鈴鐺是太上老君煉丹爐裡煉出來的！

我的鈴鐺也是太上老君煉丹爐裡煉出來的。不過我的鈴鐺是母的，你的鈴鐺是公的。

鈴鐺還分什麼公母，能搖出寶來就好！

你那公鈴鐺是個「妻管嚴」，見了我的母鈴鐺就不管用，不信你試試看！

觀音收坐騎

賽太歲立刻搖起了自己的鈴鐺，果然一點兒動靜都沒有。只見悟空搖起鈴鐺，紅火、青煙、黃沙，一股腦兒地放出來，霎時間整個麒麟山一片火海煙沙，可憐的賽太歲被圍在中間。他一邊哀嚎，一邊納悶，自己的鈴鐺居然真的是個「妻管嚴」？

> 啊！我這鈴鐺竟然是個懼內的「妻管嚴」，雄的見了雌的，就不敢響了。

眼瞅著賽太歲就要死在大火之中⋯⋯觀音菩薩突然出現，不但用楊柳枝灑下甘露滅火，還告訴悟空，賽太歲正是自己的坐騎，而且他下凡來是為朱紫國消災。這可把悟空說糊塗了。

> 菩薩在護短嗎？這怪物在朱紫國生災，菩薩怎麼說是消災？

> 這孽畜是我的坐騎金毛犼，只因仙童瞌睡，牠咬斷鐵索來朱紫國消災。

原來國王在當太子的時候喜歡打獵，有一次他打獵時竟然讓孔雀明王菩薩的兩隻雌雄孔雀幼崽一死一傷，菩薩十分難過，就發誓要讓他也嘗嘗伴侶失散、大病一場的滋味。當時觀音菩薩騎著金毛犼，在一旁目睹一切，金毛犼就記住這事，趁機下凡。悟空還想不依不饒地打牠一頓，被觀音菩薩攔住。

一看見觀音菩薩，金毛犼就知道自己的開心日子結束了，乖乖現出原形，跑到菩薩跟前賣乖。觀音菩薩看見牠脖子上的鈴鐺不見了，知道在悟空手裡，悟空還不想給，菩薩一樂，說沒關係，不給就念《緊箍咒》……悟空只好乖乖地交出寶貝。

❧ 真人收棕衣 ❧

悟空成功地把金聖宮娘娘帶回了朱紫國。國王快樂得
跑去迎接，可是剛碰到娘娘的手，就不知被什麼東西
狠狠地刺了一下。國王一下子跌倒在地。這是怎麼回
事？

> 哎喲，娘娘
> 怎麼變成刺
> 蝟了？

正在這時，半空中來了紫陽真人。原來他就是當年送
娘娘仙衣護體的神仙。就是靠一被碰就扎人的棕衣，
妖怪才不靠近娘娘。如今娘娘不需要保護了，紫陽真
人便收回了寶貝。國王與娘娘終於團聚了。

> 老倌兒，當初你要是
> 直接救了娘娘，哪還
> 有今天這麼多事兒。

> 小仙法力低微，就是
> 結個善緣，降妖除魔
> 還得靠大聖啊！

紫陽真人

朱紫國國王和金聖宮娘娘對唐僧師徒感激不盡，大擺齋宴，並親自恭送。隨後，師徒四人再次踏上西行之路。

懸絲診脈

我們經常在影視劇中看到，古代醫生給臥病在床的女病人或者王孫公子看病時採用「懸絲診脈」的診斷方式，也就是用絲線繫在病人的手腕上，在不接觸病人身體的前提下進行把脈。《西遊記》中，朱紫國國王病重，又害怕看到孫悟空的猴臉，因此悟空採用「懸絲診脈」這種傳說中的醫療方法給國王看病，居然奇跡般地把病人治好了。

看我要要這呆子。

姑娘，我用「懸絲診脈」給你看看病。

古代中國確實有「懸絲診脈」的案例。唐太宗的長孫皇后過了預產期還生不出皇子，大家著急得不得了，這時大臣徐懋功推薦了民間的名醫孫思邈。孫思邈雖然是名醫，但畢竟來自民間，怎麼能直接查看皇后玉體呢？於是孫思邈先查問了宮中太醫給皇后看病的病歷，了解皇后的病情後，他便進行「懸絲診脈」，為皇后看病。看病結束後，孫思邈得出結論：皇后胎位不正，需要在中指上扎一針。經過一番忙活，皇后終於順利產子。

皇后的胎位不正，需要趕緊想辦法。

孫思邈

其實「懸絲診脈」不過是做做樣子，因為人的脈搏不可能通過絲線傳播。孫思邈在查看皇后病歷的時候就差不多知道這是什麼病。他是名醫，經驗豐富，即便不曾見過病人的面，也能對症狀和病根了然於胸。

哎呀呀，神醫啊！

哪裡哪裡。

孫悟空是個活潑的猴子，取經路上完全閒不住，總會自己找事做。正如唐僧所說，孫悟空哪裡懂得看病呢，不過是用火眼金睛看出朱紫國國王被粽子噎著而已。這種毛病不用看醫生，只要把食物吐出來就好了，普通老百姓都知道。

強烈要求出鏡！我才是最值得關注的！

所以悟空用什麼鍋灰、馬尿這一類噁心的東西做成藥丸，配上通瀉的大黃，美其名曰「烏金丹」，無論誰吃了都得鬧肚子。這樣一來，國王的舊疾便藥到病除了。

嚛（ㄊㄨㄟ）頭這麼大，這藥看來很厲害的樣子。

給我弄些老鴉屁、鯉魚尿、王母擦臉粉、玉帝破頭巾來做藥引子！

諱疾忌醫

　　朱紫國國王看到孫悟空的長相後，因為害怕就不願意讓悟空看病，這是「諱疾忌醫」的一種表現。而更多的情況下，「諱疾忌醫」為隱瞞疾病，不願醫治。

【釋　義】比喻怕人批評而掩飾自己的缺點和錯誤。

　　「諱疾忌醫」最著名的典故出自《扁鵲見蔡桓公》。

> 大王，我瞧您的臉色不太好，這是小病，需要熱敷，不然會加重。

> 胡說，寡人身體很好。

過了十天。

> 大王，您的病進入肌肉了，趕緊做針灸啊。

> 別煩我，我沒病！

又過了十天。

> 大王，您的病進入腸胃了，趕緊喝湯藥，不然就來不及了！

> 請你出門左轉。

又過了十天，扁鵲來看蔡桓公，什麼也沒說，搖頭歎息而去。

> 病已經進入骨髓，安排後事吧。

五天以後，蔡桓公死了。

第 5 章

錯墜盤絲洞

誤闖盤絲洞

離開朱紫國，唐僧師徒一路西行。這一天，唐僧騎在馬上，遠遠看見前面有一個大院子，好像很安全，就決定讓徒弟們歇歇，自己步行前去化齋。

師父，您的體質會招妖精，要當心！

前方感覺很安全，那今天我去化齋吧！

唐僧走到近處才發現，院子裡住的好像都是女子。四個姑娘在窗邊做針線活，還有三個姑娘在院子裡踢球。唐僧有些猶豫，可是一想到自己就這麼空手回去，徒弟們會笑話自己，就硬著頭皮走了過去。

可若是空手回去，徒弟們一定會笑我，還是去吧！

怎麼全是女眷？我孤身前往多有不便。

唐僧鼓起勇氣，走了過去，大聲喊了一句：「女菩薩！貧僧化齋！」那些女子聽見後，拋下針線、皮球，圍了過來，一個個笑臉相迎、噓寒問暖，熱情得有點兒過分。

唐僧被女子拉進屋，室內擺著石桌石凳，陰氣森森，與戶外一片祥和的景象反差極大。其中四個女子跑到後廚燒火做飯，三個女子拉著唐僧扯閒話。

不一會兒，姑娘們就布置了一桌宴席。可是，飯菜卻散發出強烈的腥羶『注』味，險些讓唐僧呼吸不過來。唐僧想禮貌拒絕並告別，姑娘們卻生氣了，不肯放他走。

還沒等唐僧反應過來，他已經被幾個姑娘手腳麻利地吊在了房梁上。這還沒完，她們居然從肚臍噴射出縷縷銀絲，轉瞬間就把整個大院子給罩了起來。唐僧叫苦不迭『注』，化齋不成，自己又成了妖精的盤中餐。

再說三個徒弟還在原地等著師父化齋回來，可是好半天也沒見唐僧的人影。悟空本想在樹上摘些果子做飯後甜點，卻忽然發現師父化齋的莊院放出一片詭異的白光，心中暗叫不好。

師父果然又著了妖精的道！

悟空跑到近前，才發現這裡上上下下都糊滿了黏黏的白絲。他覺得有些奇怪，於是趕緊召喚土地公問個明白。

這是哪兒？有什麼妖怪？

這裡是盤絲嶺，嶺下有個盤絲洞，洞裡有七個女妖怪。

盤絲嶺土地公

濯垢泉奇遇

土地公還告訴了悟空一條重要消息。盤絲嶺有個濯垢
泉,是天然的溫泉。這裡原本是天上七位仙女的專用
浴池。那些妖精也看上了這個地方,一天洗三遍。仙
女們估計嫌棄不已,又懶得和妖精們有瓜葛,就再也
不來了。

這些妖怪還真是愛乾淨!

這溫泉歸咱們了!

她們一天洗三遍澡,這會兒估計又去了。

悟空不想打草驚蛇，就變成一隻蒼蠅，飛到泉邊的草叢中埋伏。不一會兒，他就看到七個花枝招展的妖精來到泉邊洗澡。妖精們哪知道悟空就在附近，一邊脫衣服，一邊討論洗完澡要怎麼吃唐僧。

姐姐，我們洗完澡就把那胖和尚蒸熟了吃吧。

哎呀，用煮的還省些柴火，別用蒸的。

師父又走了桃花運啊。

悟空本想一頓棒子打死她們，可是轉念一想，「齊天大聖打死一群正在洗澡的女妖」，這傳出去實在難聽，壞了大聖的威名！悟空靈機一動，變成一隻老鷹，把妖精們的衣服叼走，暫時把她們困在這裡，他趁機去救師父。

看你們怎麼出來！我真是越來越機智了！

悟空把妖怪的衣服往八戒和沙僧面前一扔，講了事情的前因後果，八戒一聽到七個漂亮的女妖精被悟空困在泉水裡，來了興頭，非要趕去除妖降魔。他的理由倒也充分，妖精如果不除，要是追上來還是會百般糾纏，不如斬草除根。

八戒趕到泉邊，果然看見困在水中的七個妖精，不禁玩性大發。他變成一條大鯰魚，跳到水裡，一頓亂攪，水裡的女妖被八戒嚇得哇哇亂叫。

女妖怪又氣又急、又驚又怕，罵罵咧咧。八戒玩夠
了，揮起釘耙就要剿滅妖精。女妖怪見勢不妙，趕緊
起身，急匆匆地奔向亭子。

站住！
站住！

妖精們在亭子裡站定，立刻開始作法，肚臍噴出絲
線，不一會兒就把八戒罩在了裡頭。八戒不斷被絲線
絆倒，摔得鼻青臉腫，直到妖精們逃回洞裡，收了法
術，他才暈頭轉向地回去。

等到悟空跟著八戒找到妖精老巢時，女妖們沒出來迎戰，成百上千的蟲子密密麻麻地飛過來，對他們又叮又咬。還好悟空有辦法，他拔出毫毛，變成鳥雀鷹鷂，不一會兒就把這些蟲子吃得一乾二淨。

猴哥救命，光頭都要被叮腫了。

悟空把蟲子消滅乾淨，也沒看到一個女妖，雖然心裡覺得奇怪，但也顧不上那麼多。悟空先救下師父，八戒找了些乾柴，一把火燒了這盤絲洞。

為師本以為長得帥能多換點食物，沒想到自己差點兒被吃了⋯⋯

從比例上說，還是想吃你的女妖精比較多⋯⋯

黃花觀遭暗算

師徒繼續西行，不一會兒就看到前面出現了一座氣派的道觀，門板上嵌著「黃花觀」三個大字。四人推門進去，只見一個老道士正坐在廊下搗藥。

老道士很熱情，招呼道童請幾位大唐的高僧喝茶。沒想到他觀裡有人坐不住了。原來老道士正是那幾個女妖精的師兄，她們被悟空和八戒欺負，跑來找師兄訴苦，沒想到前腳剛到，還沒來得及跟師兄告狀，唐僧師徒就跟了過來。真是冤家路窄。

童兒，你在忙什麼，有客人來了？

師父讓我們燒茶，招待四個遠道而來的和尚。

可有個白胖和尚？

有。

可有個長嘴大耳的和尚？

有。

姐妹們！仇人來了！

你端茶過去時給你師父使個眼色，讓他來這裡，我有話要說。

不一會兒，老道士就來到後堂，女妖精聲淚俱下地跟老道士控訴被八戒欺負追殺的事情。老道士聽說幾個和尚這麼欺負師妹，立刻來了脾氣：「我一定饒不了他們！」

我還以為他們是誠心向佛的修道者，沒想到這般無禮！

有師兄幫忙出氣，女妖精們自然有了底氣，但一想到八戒凶狠的樣子，她們又擔心師兄不是對手。沒想到老道士掏出了一樣寶貝：鳥糞追命丸！

好噁心。

我這寶貝是山中百鳥糞便熬製而成，人吃人死，神吃神亡！

小道童按照老道士的吩咐捧出了新泡的棗茶，每個紅棗裡都塞好了毒藥。悟空低頭一看，發現只有老道茶杯裡是黑棗。他覺得有點兒奇怪，便要和老道換著喝。

我這道觀貧寒，只有十二顆紅棗奉給師父們。貧道不能空陪，只拿兩個黑棗自用，此乃貧道恭敬之意。

這是仙長愛客之意，你就別挑了。

哼！

除了悟空，其餘三人想都沒想就把茶直接喝進肚裡，沒想到不過片刻，毒藥藥效發作，劈里啪啦，三個茶杯摔在地上。只見八戒臉上變色，沙僧眼中流淚，唐僧口吐白沫，他們接連暈倒在地。

看見師父和師弟們中毒倒下，悟空勃然大怒，把茶杯直接扔在道士臉上，與他打鬥起來。

我要為我師妹們報仇！

原來你和那幾個女妖怪是一夥的！

躲在後堂的女妖們也衝了出來，一個個露出肚臍，噴出一股股絲線，悟空見勢不妙，趕快躲閃。

悟空剛跳出道觀，就看見這些白絲互相交織，很快把
黃花觀的亭臺樓閣遮得無影無蹤。

好漢不吃
眼前虧！

悟空有些焦急，師父和師弟們如今困在裡面，還身中
劇毒，他卻不知道這些妖怪的來歷和破解的辦法。想
想他認為還得找土地公來問問。黃花觀地界的土地公
不知道老道士的來歷，卻知道那幾個女妖怪本是蜘蛛
精，老道士是她們的師兄。無論如何，這總算讓悟空
有了些頭緒。

黃花觀裡的是什麼妖怪？

大聖，你怎麼惹到蜘蛛精的老巢去了？

那個老道士也是個蜘蛛精？

老道士的本相我看不出來，但
他是那七個蜘蛛精的師兄。

那也是同類了。

꧁ 千眼魔君 ꧂

聽說是蜘蛛精，悟空的心放下大半，他也有了主意。
他拔出一股毫毛，變成了七十個小悟空，每個小悟空
都舉著小叉子，叉住掛在道觀外的蜘蛛絲向外捲。不
一會兒，小悟空們就捲出了七隻巨大的蜘蛛。蜘蛛精
們一邊向悟空求饒，一邊求師兄放了唐僧，救救她
們。沒想到老道士居然為了唐僧肉，見死不救。

悟空立刻把七個大蜘蛛亂棒打死。那老道士完全沒想
到悟空下手這麼快，目睹蜘蛛妹妹們在頃刻間變成肉
餅後，老道士完全控制不住情緒，舉劍刺向悟空。

可是論打架，他怎麼可能打得過齊天大聖孫悟空？老
道士很快就落了下風。不過，說時遲那時快，這老道
突然扯下自己的道袍，露出身子，天哪，他的雙肋竟
然有數千隻眼睛，這些眼睛放出金光，晃得悟空眼花
繚亂。

我說，打不
過也不用脫
衣服啊。

那些眼睛裡的金光有種魔力，讓悟空無法向前，也不行向後。悟空想要一個筋斗翻出去，卻一頭撞在金光上，撞得他眼冒金星，頭皮發軟，也跳不出金光的束縛。看來只有地下這一條路了。悟空變成穿山甲，直鑽了二十里路，總算逃了出來。

我的腦袋啊！

悟空雖然逃了出來，但一想到師父和師弟們身中劇毒，在妖怪手中生死未卜，心裡就泛起酸楚。突然，他聽到前方一個身穿孝服的婦人也在哭，悟空湊過去打聽，原來她的丈夫也被黃花觀的妖道害死了。她似乎十分了解那妖道，竟然還知道這妖道的剋星。悟空立刻豁然開朗，發誓會幫她報仇。可是，那婦人卻一下子就不見了。

黃花觀的觀主叫百眼魔君，也叫多目怪。千里之外的紫雲山千花洞有個毗藍婆菩薩，是這觀主的剋星。

悟空往天上一看，原來是黎山老母前來點化他，悟空趕緊謝恩。多虧有神仙相助，不然這回師父可真要沒得救了。

黎山老母

謹記，謹記。

千萬別跟毗藍婆說是我告訴你的！

毗藍婆降妖

悟空轉眼間來到千花洞，這千花洞景色宜人，卻一點兒聲音都沒有。悟空走近了才看見毗藍婆菩薩在房中端坐。悟空小心翼翼地問候，講了自己來尋菩薩的原因。毗藍婆菩薩聽說是取經人的事，立刻答應出手相助，還拿了一根繡花針，說是專門治那個妖道的「千隻眼」。

要說繡花針，我去弄一擔也有啊。

我這可不是鋼鐵金針，而是我小兒眼睛裡煉出來的。

令郎是誰？

昂日星官。

啊哈哈，原來是在西梁女國遇見的大公雞啊！

說不定毗藍婆菩薩的真身是隻老母雞。

毗藍婆菩薩和悟空回到金光閃閃的黃花觀，那根神奇的繡花針被菩薩拋出去，只聽「叮」一聲響，金光消散，妖道便動彈不得。菩薩用手一指，他就現出原形，原來是一條七尺長的大蜈蚣。

怪不得老母雞是他的剋星，原來這妖怪是條蜈蚣。

嗯？誰是母雞？

嘿嘿，菩薩，莫怪莫怪。

毗藍婆菩薩又給了悟空三粒紅色的解毒丹，悟空拿去給師父及師弟們服用後，唐僧、八戒和沙僧很快醒了過來。醒來後的八戒一心要打死蜈蚣精，毗藍婆菩薩卻攔住了八戒，並讓蜈蚣精去千花洞幫她守門。一場危機就這樣解除了。師徒四人拜別菩薩，繼續西行。

後會有期。

最早的《西遊記》電影:《盤絲洞》

　　大家所熟悉的西遊相關影視劇、動畫等大多是 1949 年後拍攝的,但是今天要介紹的是中國最早登上大銀幕的《西遊記》電影,它就是在 1927 年上映的無聲電影《盤絲洞》。

　　這一版《盤絲洞》由於年代太早,發行時又處於戰亂,所以沒有在中國保存下來。但幸運的是,幾年前在挪威發現了一卷錄影帶,是某部古老的中國電影。經過兩國電影界相關人士的考證,他們發現這就是失傳已久的《西遊記》無聲電影《盤絲洞》。

號外號外!無聲電影《盤絲洞》閃亮登場!

因為年代久遠加上受潮，這卷錄影帶的保存情況很糟糕。經過技術人員的全力修復，終於復原了大部分的鏡頭，兩國並在 2014 年舉行了交接儀式。

　　經過近百年，《盤絲洞》終於遠涉重洋，回到中國。

唐僧師徒取經路上遇到的妖怪團體

　　唐僧師徒在取經路上遇到過許多妖怪，大部分都是一個大妖怪帶著一群小妖，但也有些妖怪選擇組團出擊。在這個故事中，唐僧就碰上了盤絲嶺盤絲洞的蜘蛛精團體。

　　除了蜘蛛精七姐妹，唐僧師徒的西行路上還有不少妖怪團體。

　　比如，在後面的故事中，我們還會遇到其他拉幫結夥的妖怪。即將登場的是：

獅駝嶺老大：黃獅精！
獅駝嶺老二：白象！
獅駝嶺老三：大鵬！

第 6 章

受阻獅駝嶺

❧ 李長庚警告 ❧

夏盡秋涼，唐僧師徒來到一座高山的山腳下。山上有個拄著龍頭拐杖的老頭，遠遠地朝他們幾個喊話。

唐僧心中害怕，就讓悟空去問問到底是怎麼回事。悟空變成一個乾乾淨淨的小和尚去打聽情況。原來這裡叫獅駝嶺，嶺上有個獅駝洞，洞裡有三個神通廣大的妖怪。老頭把妖怪說得神乎其神，悟空卻覺得他孤陋寡聞，畢竟在齊天大聖面前，所有妖怪都得矮上三分。

那妖怪與羅漢、神仙、龍王和閻王稱兄道弟，還不厲害？

小和尚竟這樣說大話！

這算什麼？我鬧過天宮地府，那些神仙見了我還得鞠躬作揖，沒什麼了不起！

其實，這老頭是太白金星所化，特意前來提醒唐僧師徒。他自然知道悟空的厲害，只是獅駝嶺真的險惡無比。聽太白金星這麼一說，八戒不禁膽戰心驚，悟空卻還是不以為然。

小妖南嶺五千，北嶺五千；東路口一萬，西路口一萬；巡邏的四五千，守門的一萬；燒火、打柴的無數。這還僅僅是有名牌的呢。

幾個妖精而已，你只是自己嚇自己罷了！

老豬我十個指頭都數不過來了！

太白金星

大聖，我是好心提醒，道路千萬條，但是安全第一！

小鑽風巡山

悟空比較務實,他決定親自去巡山。悟空跳上高峰,四下觀望,偌大山嶺,寂靜無聲。悟空頓時覺得是太白金星誇大其詞。

悟空正琢磨著,突然聽到山背後傳來叮叮噹噹的聲音。一個扛著「令」字旗的小妖正在巡山,他敲著梆、搖著鈴,嘴裡還念念有詞。悟空立刻變成一隻蒼蠅跟上去,落在那妖怪的帽子上。

既然碰到了小妖，悟空就能從他口裡打聽到消息，用原來的模樣肯定不行，得變成他的同類。悟空立刻變成一個小妖。那個小妖看見同類，雖然覺得面生，但悟空口齒伶俐，三兩句話就讓小妖掏出了自己的腰牌。

你誰啊？

自家人怎麼也不認識？

我家沒你啊！你有腰牌嗎？

腰牌？你有腰牌嗎？

我們巡山的一班有四十個，十班共四百個。這是我的！

悟空立刻如法炮製，變出一塊腰牌，還騙小妖說自己
是大王新任命的長官，專管小妖。小妖立刻對悟空畢
恭畢敬，還帶著悟空去找自己的一班弟兄。

悟空很快就見到了巡山的小妖。這些妖怪頭腦簡單，
老實好騙。沒過一會兒，悟空就把三個魔頭的本事探
得差不多了。

三魔頭

雲程　萬里鵬

移風運海，
展翅萬里。

陰陽二氣瓶

小妖們還說，這三個魔頭剛剛聚在一起，共同目標就是「吃了唐僧，長生不老」。獅駝嶺獅駝洞和西邊四百里處的獅駝國都是他們的地盤。

三大王想吃東土唐僧肉，長生不老，所以來獅駝嶺和我們的兩個大王結為兄弟，合夥捉唐僧。

想吃我師父的妖怪居然開始組團了……

聽了魔頭們的本事及法寶，悟空覺得只有陰陽二氣瓶有點危險。為了了解狀況，悟空乾脆殺了一眾小妖，自己變成小鑽風的樣子，混上獅駝嶺，準備一探究竟。

大王叫我來巡山，嘥呀嘥呀嘥呀喔！

悟空來到獅駝洞，遠遠地就聽喊叫聲。悟空舉目一看，門口有數萬小妖在操練，刀槍劍戟排成一列列，旌旗招展。這麼看來，太白金星說得果然沒錯。但一想到他們只是山貓野獸組成的烏合之眾，悟空突然計上心來，打算編個瞎話來嚇唬他們。

小鑽風，你見到孫悟空了嗎？

大王要吃的唐僧肉才幾斤啊！肯定輪不到我們喝口湯，但是挨棒子挨肯定有我們的份！

見到了！好嚇人啊，孫悟空在磨一根超級粗的棒子呢！

我們乾脆逃跑吧！免得挨打！

獅駝洞歷險

孫悟空的瞎話果然管用，門口的小妖們被一番嚇唬，一下就散到山嶺中，各自逃命了。悟空十分得意。

嘿，光聽風聲就跑了，見了面肯定嚇得半死。

悟空一路摸進獅駝洞，穿過三道門才看見三個魔頭，高高坐在臺上。他們兩邊站著幾百個披掛整齊的大小頭目，殺氣騰騰。孫悟空變的小鑽風上前稟報巡山成果，把剛才自己編的故事重複了一遍，還添油加醋許多。大魔頭最先驚慌起來，立刻下令把大門關緊。

看著大魔頭緊張的樣子，悟空憋著笑，用毫毛變出了
一隻蒼蠅，在洞裡嗡嗡地飛。一時間，整個妖洞亂成
一團，大小妖怪拿著掃把，上前胡亂撲著蒼蠅。

啊，這肯定
是孫悟空，
快打蒼蠅！

打蒼蠅！

打蒼蠅！

這邊這邊！
那邊那邊！
嘿嘿嘿。

眼看著妖怪們亂成一團，悟空忍不住
笑出聲來。但是他這一笑立刻讓他現
了原形，正好被三魔頭看見。

嘿嘿！

差點被你騙了！
大哥、二哥，這
不是小鑽風，這
是孫悟空！

大魔頭和二魔頭開始還不信，直到掀開悟空的衣服，看到猴尾巴和猴屁股才發現自己上了當。原來悟空的七十二變只能變臉，卻變不了身體。三魔頭立刻讓小妖搬出他的陰陽二氣瓶。

> 猴尾巴！這真是孫悟空！

> 快拿陰陽二氣瓶來，把這猴子裝進去。

聽到大王一聲吆喝，三十六個小妖立即從庫房搬出二尺四寸的陰陽二氣瓶。瓶蓋一開，一股仙氣飄出，一下就把悟空吸了進去。

> 這猴子進了我的寶瓶，唐僧肉就是我們的盤中餐了。

悟空蹲在陰陽二氣瓶裡，除了陰涼，沒有別的感覺。
他不由得哈哈大笑，認為這瓶子不過是嚇唬人而已。

這獅駝嶺的妖怪都是吹牛大王嗎？一個破瓶子還當成法寶。我在這裡住七八年也沒問題。

不出聲還沒事，一出聲瓶子裡就燒起一把大火。原來
說話的聲音是陰陽二氣瓶的開關。轉眼間，悟空被大
火包圍了，他趕快念起「避火訣」，老老實實地坐著，
不敢亂動。

真金不怕
火燒。

大火燒了半個時辰，悟空快堅持不住了。他猛地伸長身體，想把瓶子頂破，但瓶子居然跟著他一起變長；他想縮小身體來躲避烈火，瓶子竟然也跟著縮小：這下真的無處可躲。悟空急得抓耳撓腮，手一下子碰到了腦後的三根毫毛。悟空立刻想起來，這是菩薩送他的救命毫毛。

救命毫毛立刻變成了一個金剛鑽，悟空一頓猛鑽，終於在瓶底鑽出一個小洞。他趕快變成一隻小蟲鑽了出去。這時，大魔頭剛好在指使小妖去抬瓶子，想看看悟空是否已經化成液體。可是剛才還很重的瓶子突然變輕了，小妖們用力過猛，摔成一片。

大魔頭揭開瓶蓋，往裡一看，瓶底的小孔透進一道光線。大魔頭氣得哇哇亂叫，悟空嘲笑了他一番，徑直飛出洞去。

悟空一口氣飛回師父身旁，把自己碰到的這許多事兒講給大家聽，還說如果要通過獅駝嶺，靠他單打獨鬥怕是不行。悟空讓沙僧留下來保護師父，八戒則跟自己去打怪。

悟空被吃

悟空和八戒一路騰雲駕霧來到獅駝洞。悟空在門前高
聲叫陣，大魔頭在洞中問兩個兄弟誰去應戰。二魔頭
和三魔頭裝聾作啞，誰也不出聲，大魔頭沒辦法，只
好自己披掛上陣。

大魔王出來要和悟空單挑，揚言只要他三刀之內砍不下悟空的腦袋，就放唐僧師徒通行，悟空滿口答應。第一刀落下，悟空也不躲，刀尖碰到頭皮，發出一聲巨響，但悟空毫髮無傷。

> 這麼硬的頭，什麼做的？

> 我不躲，你快點兒！

> 碰！

大魔頭又急急地砍了兩刀，悟空好像被劈成了兩半，可是眨眼間就變成了兩個悟空。大魔頭還要一頓亂砍，悟空可不讓，一根金箍棒直接打向大魔頭的天靈蓋。

> 你砍完三刀，輪到我啦！

打不過悟空，大魔頭轉身就逃，八戒趁勢追上去，想
要占個便宜。大魔王見追來的是八戒，立刻有了精
神，他打不過悟空，但不一定打不過八戒。他站在山
坡前，迎著風晃一晃，現了原形，原來是隻青毛獅
子。只見他獅口一張，就要吞了八戒。八戒一看，不
顧一切地鑽進旁邊的草叢，哪管什麼荊棘倒刺，還是
保命要緊。

我不是豬，我
是鴕鳥，我是
鴕鳥！

悟空跟上來的時候，大魔頭獅口大張，正要吞人。悟空也不躲閃，金箍棒一收，竟迎向獅口，活活被獅子吞了下去。八戒目睹一切，嚇得躲在草叢裡，一動也不動，就怕被獅子看見，也進了牠的肚子。

來得剛剛好，嗷嗚！

猴哥，明天我去妖怪的便便裡找你！

大鬧獅腹

大魔頭心滿意足地收兵之後，八戒才哭著跑回唐僧身邊，告訴唐僧，悟空被大魔頭一口吞進肚子裡去了，他們也別想取經了。唐僧一聽悟空死了，當下就驚倒在地，半晌才醒來捶胸頓足，放聲大哭。

我們得給大師兄報仇！

猴哥都被一口吃了，你去給大魔頭塞牙縫嗎？

猴哥沒了，咱們把行李分分，各自回家吧。

啊啊啊啊！蒼天哪！

再說大魔頭吞了悟空之後，以為心腹大患已除，歡天喜地回了洞府。可二魔頭和三魔頭一聽孫悟空在大魔頭的肚子裡，開始擔心了起來。

鑽進別人肚子裡是這猴子的慣用伎倆。

大哥，那猴子吃不得啊！

大哥，你沒聽說過鐵扇公主的事嗎？

聽到他們議論，在大魔頭肚子裡的悟空立刻接過話頭。大魔頭顯然不知道悟空的厲害，自作聰明地讓小妖們拿來鹽白湯，猛地喝進肚子，想藉此刺激腸胃，把悟空給吐出來。可是即便大魔頭連膽汁都吐出來了，已經頭暈眼花，悟空也根本不出來。於是，大魔頭又想辦法，既然吐不出悟空，那自己就不要吃東西，餓死悟空。

你這肚子裡挺暖和，我打算在此過冬。

那大王你豈不是也會餓死？

那我就一個冬天不吃飯，餓死你！

聽說大魔頭這一招，悟空樂了。他才不會挨餓呢，大魔頭身體裡的心、肝、脾、肺都很好吃，悟空想好了，可以在三叉骨上支鍋，再用金箍棒在大魔頭的頭頂捅出個煙囪。大魔頭聽悟空這麼一說，雖然害怕了，但還不死心，又想著要用藥酒毒死悟空。

快拿藥酒！是藥三分毒，我要毒死這猴子。

我吃過老君的仙丹、玉皇的酒、王母的蟠桃和龍肝鳳髓，就是沒喝過藥酒，倒想嘗嘗鮮。

小妖端來藥酒，大魔頭一飲而盡。藥酒沒毒死悟空，倒讓大魔頭撒起酒瘋，那是因爲悟空在大魔頭的肚子裡又蹦又跳，還翻跟頭。大魔頭疼得滿地打滾，跪地求饒，說只要悟空從他肚子裡出來，他就吩咐手下抬著轎子送唐僧師徒過山。三魔頭很壞，他給大魔頭出了個餿主意：等悟空從嘴裡出來時，便一口咬死悟空。悟空聽得清楚，乾脆將計就計，用金箍棒探出獅口。笨蛋大魔頭被騙，只聽「喀嚓」一聲，好端端的門牙被金箍棒打個稀碎。

想算計我，沒門！

哎呀，我的牙！

孫悟空，聽說你大鬧天宮當年是多麼威風，現在怎麼只會在別人肚子裡鬧事了？你出來，咱們面對面，真刀真槍大戰三百回合！

悟空說話算話，他還
是從大魔頭的肚子裡
出來了。只不過他在
大魔頭的肝臟上綁了
一根繩子，然後牽著
繩子一端，從大魔頭
的鼻子裡鑽了出來。

悟空跳出大魔頭的鼻孔，其他魔頭就打了過來，可悟
空並不戀戰，只拉著繩子往高處跳。大魔頭哪受得了
揪心扯肝的痛，只能跟著繩子一路跑跳。大魔頭被悟
空扯來扯去，像放風箏一樣，痛得齜牙咧嘴，一旁
看著的小妖們摸不著頭腦。

二魔頭和三魔頭這下也慌了，趕緊扯住大魔頭，跪地向悟空求饒，還發誓一定會用轎子送唐僧老爺過獅駝嶺。悟空這才收了繩子，放過大魔頭。

大聖寬宏海量，饒恕我等吧！

悟空回頭來找唐僧時，卻看見唐僧在一旁哭天搶地，而八戒和沙僧分著行李，準備散夥。悟空氣得給了八戒一巴掌。師父看見悟空回來，重新燃起了取經的希望。聽完悟空一番講述之後，四人重新整理了行裝，就等著魔頭們信守諾言，送師徒四人通過獅駝嶺。

呸，你這沒用的呆子！

悟空，為師白白為你流了多少眼淚啊！

✿八戒被擄✿

大魔頭一點兒都不想再跟悟空作對，可二魔頭和三魔頭賊心不死。二魔頭決定要帶著小妖們跟悟空再打一仗。

這個仇不報，咱們還有臉在獅駝嶺混下去嗎？

悟空懶得理二魔頭，乾脆讓八戒去對付他。八戒非要悟空在他腰上拴一根救命繩，若是打不過，還可以把他拽回去。八戒還沒打就露了怯，和二魔頭剛打沒兩下，就急著回去。悟空故意鬆開繩子，救命繩非但沒救命，反而讓八戒剛走兩步就摔倒了。這時，二魔頭的大鼻子一捲，毫不費力就把八戒捲走了。

戲弄歸戲弄，還是得救人。悟空很快就變成小蟲，再次飛進獅駝洞。他聽到三個魔頭打算把八戒醃了吃，又看見八戒被綁得結實，垂頭喪氣地泡在水裡，那模樣著實可憐；可是悟空一想到八戒聽說自己被魔頭吃了，就吵鬧著要散夥，就覺得生氣，打算再捉弄八戒一下。

就該讓這呆子多吃點兒苦。

悟空變成地府裡的勾魂使者，在八戒耳邊喊他的法名「豬悟能」。這法名是觀音菩薩起的，知道的人很少。八戒果然著了悟空的道，一聽勾魂使者來了，害怕得馬上搬出悟空和閻王的交情，求勾魂使者通融，還要把自己存的私房錢拿出來孝敬。

豬悟能，你壽歲已到，跟我走吧。

慢著慢著，長官，看在我師兄孫悟空的面上，你明天再來吧。

閻王叫你三更死，誰能留你到五更？

長官，你看我這耳朵裡有銀子。

想賄賂我？那我就不客氣了。

以前聽沙僧說這呆子藏私房錢，看來是真的。

八戒的銀子都是他從嘴裡省下來的。他本來有五錢碎銀子，拿去化整時被貪心的銀匠偷走一些，最後只得到四錢六分的銀元寶，他就塞在耳朵裡。今天爲了活命，只好孝敬給勾魂使者。悟空一邊聽八戒抱怨，一邊拿走八戒的銀子。看八戒委委屈屈、不情不願的樣子，悟空實在忍俊不禁。八戒立刻明白，自己又被悟空戲弄了。

天殺的弼馬溫！我都要被煮了，你還來詐騙錢財！

好說歹說，悟空還是救出了八戒。他們兩個拿著兵器，一路打出去，二魔頭聽見動靜跑出來，又想用長鼻子來捲悟空，反倒被悟空揪住鼻子，一直牽到唐僧面前討饒謝罪。

我們師徒好善，暫且饒你，快抬轎子來，否則悟空繼續打！

唐老爺，若肯饒命，我願意抬轎相送。

三魔頭發威

大魔頭和二魔頭投降了，三魔頭卻還是不肯放棄。他想到「調虎離山」的妙計，不過他得先好好布置一番。第一，先找三十個會做飯的小妖，每二三十里就安排一頓茶飯；再選十六個鞍馬伺候的小妖，八個抬轎，八個在前後開道，把排場做足。他的目的只有一個，就是讓唐僧師徒在抵達三魔頭的獅駝國之前放鬆警惕。三魔頭說：「到了獅駝國，我們再如此這般……」

一切準備妥當，魔頭們讓小妖把轎子抬到山坡，請唐僧上轎。一路上，小妖們殷勤備至，每走三十里就有小妖送來齋飯。三魔頭的安排哄得唐僧師徒十分開心，真以為三個魔頭真心改過，誠心相送了。

其實我不餓……你們也太熱情了吧？

聖僧，請吃。

眼看進入了獅駝國地界，三個魔頭突然轉了性，三魔頭舉起他的方天畫戟，直奔悟空；再來大魔頭舉刀砍向八戒；二魔頭挺槍來刺沙僧。三個魔頭的突襲讓師兄弟應接不暇，便顧不上轎子裡的唐僧。十六個小妖便抬起轎子一路狂奔，進入獅駝國。

獅駝國

救命啊！我太難了

小心點，別嚇到唐僧！大王說了，驚嚇會導致唐僧肉變酸，不好吃！

一場惡戰下來，八戒被大魔頭張口咬住，沙僧被二魔頭的長鼻子捲走。悟空見情況不好，一個筋斗翻了出去，沒想到三魔頭化作金翅大鵬雕，拍兩下翅膀就追上了悟空。三魔頭確實有些本事，翅膀拍一下就飛了九萬里，因此悟空第二個筋斗剛翻起來，就被大鳥的利爪抓住。

好手不敵雙拳，雙拳難敵四手。

師徒四人被關在一起，唐僧、八戒和沙僧相對垂淚，
只有孫悟空還是和往常一樣嬉皮笑臉。三個魔頭讓小
妖們打水、刷鍋、燒火、抬出蒸籠，準備把他們一起
蒸了吃。

阿彌陀佛，誰說我不好蒸？

不好蒸就剝皮蒸。

不要剝皮，我好蒸，特別好蒸！

不好蒸就安排在蒸籠最底下一格。

呵呵，一聽就是沒經驗的。不
好蒸的應該放在最上面一格。

逃出蒸籠

一會兒，師徒四人被抬上蒸格，八戒在最下面，沙僧在他上面，悟空在第二層，唐僧在最上面。八戒和沙僧還在討論魔頭們的蒸籠，悟空早已讓自己的真身出竅，念動招引龍王的咒語，把北海龍王找來保護蒸籠裡的師父和師弟們。蒸籠下是乾柴烈火，蒸籠裡卻涼風習習。

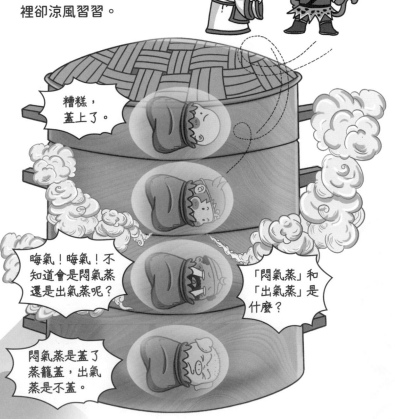

糟糕，蓋上了。

晦氣！晦氣！不知道會是悶氣蒸還是出氣蒸呢？

「悶氣蒸」和「出氣蒸」是什麼？

悶氣蒸是蓋了蒸籠蓋，出氣蒸是不蓋。

師父，我是第一次被蒸，沒有經驗，好像不難受，反而挺舒服的。

二兄弟，師父也是第一次進蒸籠。

忽冷忽熱呢，是不是看火的小妖偷懶睡著了？

八戒不知是悟空在暗中保護，但他的話卻提醒了悟空。他從腰帶裡掏出一把瞌睡蟲，扔到燒火小妖的臉上。他們很快就打著哈欠睡著了。悟空趕快把師父和師弟們都救了出來。

蒸籠裡你一直沒動靜，我就知道你早出來了。

悟空，帶上白龍馬，我們快走吧。

一番打探之後，悟空發現前後城門都被封住了，要想不驚動妖怪，就只能偷偷翻牆。

誰知，某個魔頭不放心前去查看，竟發現火也滅了，蒸籠也涼了，小妖們酣「ㄏ」睡不醒，唐僧師徒也沒了蹤影。

又入虎口

一時間，獅駝國燈火通明，正好照見準備翻牆逃跑的師徒四人。妖怪們一起衝上去，唐僧、八戒和沙僧當場被抓住，只有悟空逃之夭夭。這次，三魔頭又想出了個新主意。他把唐僧塞進錦香亭的大鐵櫃，然後放出謠言說唐僧已經被吃了，想就此騙過悟空，讓他放棄回來救唐僧的計畫。

孫悟空必然來打探消息，若是聽見唐僧死了，他沒了念想，自然就會離開，到時候我們就能放心地吃唐僧。

是是是，兄弟說得有理，果然咱們三個中你最聰明。

果然不出三魔頭所料，悟空很快就回到獅駝國打探消息。所有妖怪都在說唐僧被吃這件事，連八戒和沙僧也哭著說，師父被魔頭們生吃了。悟空又傷心，又憤恨。他傷心自己一路護送師父，即使歷經種種磨難，還是沒保住師父；他恨如來佛祖讓師徒們去取經，卻讓師父喪命在獅駝國。悟空決定上靈山，找如來佛祖討個說法。

大師兄！嗚嗚嗚！

師父真的死了？

嗯嗯嗯……

啊！

悟空跑到如來佛祖跟前，一字一淚地講述自進入獅駝嶺以來的遭遇，如來佛祖卻表現出一切盡在掌握之中的樣子。

原來大魔頭和二魔頭分別是文殊菩薩、普賢菩薩的坐騎，而三魔頭與如來佛祖有些淵源。當年如來在修行的時候曾經被一隻孔雀吞下去，他為了逃出來，便鑽出孔雀的肚子，因此他奉孔雀為佛母，又稱孔雀明王菩薩。而獅駝國的三魔頭恰好和孔雀一樣，都是鳳凰所生。按輩分來說，三魔頭甚至是如來的舅舅呢。

猴頭，急什麼！一切盡在掌握之中。

沒了師父，我就回花果山了！

三魔頭居然是佛祖的舅舅！不許包庇兇手！

這猴子，真是胡鬧。你師父尚在人間呢！

騙我取經！還要我不追究你舅舅害死我師父的事，不可能！

眾佛降妖

如來佛祖帶著文殊菩薩和普賢菩薩，隨悟空來到獅駝國上方。佛祖囑咐悟空去獅駝國叫戰，只許輸，不許贏。悟空何等聰明，立刻領會佛祖的意思。三個魔頭不知中了計，一路追著悟空打來。悟空任務完成，一閃身躲進了如來的佛光裡。大魔頭和二魔頭一見文殊菩薩和普賢菩薩，全都吃了一驚。

好啊，你這猴子還敢來撒野？

這猴子怎麼把我們的主人給招來了？

怕什麼？我們一起上前，一刀刺死如來，奪走他的雷音寶剎。

三弟瘋了，咱們躲遠點，免得被雷劈。

大魔頭和二魔頭一聽到菩薩召喚，立刻丟了兵器，現出青獅和白象的原形。文殊菩薩和普賢菩薩拋出蓮花臺，分別落在兩隻動物的脊背上，菩薩們飛身上座，兩個魔頭立刻收了張牙舞爪的樣子，俯首貼耳地做菩薩的坐騎。

三魔頭不服，現出自己的真身，伸出一雙利爪，要去抓佛光之中的悟空。如來輕輕一指，就用佛光困住了大鵬。三魔頭被如來收服後，終於說了真話，他們其實根本沒有吃唐僧，如今唐僧還是關在錦香亭的大鐵櫃裡。

金翅大鵬雕

猴子，你師父在錦香亭的鐵皮櫃呢！

佛祖，如今收了妖怪，我師父怎麼辦？

髮型都被你搞亂了。

悟空趕緊回到獅駝國，這裡的小妖們見三個大王都被收服，全都各自逃走了。悟空救下八戒、沙僧，找到鐵皮櫃時，他聽見裡面傳來唐僧的哭聲，悟空立刻安心了，能哭就說明師父沒事。取經的事還得繼續，師徒四人繼續西行。

 悟空啊，師父快被悶死了！

這次太危險了，要不是佛祖幫忙，恐怕就見不到師父了。

佛祖也真是的，既然來都來了，不如把經書帶給師父多好。

 你這呆子不要胡說，咱們還是啟程西行吧！

《西遊記》中最難過的一關

各位遊客,我是今天的導遊大鵬怪,歡迎參觀《西遊記》中最難的一關:獅駝嶺。

吃了唐僧,長生不老!

胃口真是不小啊!

獅駝嶺之所以是唐僧師徒遇到的最大一場劫難,主要是因為獅駝嶺小妖最多,魔王背景最強,還有文殊、普賢、如來三尊大佛做靠山。

不要把我們扯進去啊,跟我們沒關係。

鵬程萬里

【釋　義】相傳大鵬鳥能飛萬里之遠。比喻前程遠大。

【近義詞】前程萬里

【反義詞】日暮ㄇ途窮

　　獅駝嶺的大鵬怪，本體是一隻金翅大鵬雕。關於大鵬雕的成語中，比較為人熟知的是「鵬程萬里」。《莊子·逍遙遊》曾說：「鵬之徙於南冥也，水擊三千里，摶扶搖而上者九萬里。」這就是「鵬程萬里」的起源。

　　據說，南宋抗金名將岳飛出生的時候，一隻很大的禽鳥飛到岳家屋頂鳴叫，於是岳父便給他取名為「飛」，字「鵬舉」，意思就是希望孩子能夠鵬程萬里、展翅高飛。岳飛長大後果然成了著名的愛國將領。在《說岳全傳》中，岳飛被視為金翅大鵬雕的轉世。